I0639273

FURTIF : MASON

AIGLE TACTIQUE LIVRE 2

WILLOW FOX

SLOWBURN
PUBLISHING

Furtif : Mason

Aigle Tactique Livre Deux

Willow Fox

Publié par Slow Burn Publishing

© 2022

v3

Traduction par sarahlrnt

Relecture par marie_frcy

Conception de la couverture par Get Covers

CHAPITRE UN

Hazel

Je n'ose pas regarder dans les yeux l'homme qui m'a achetée. A cause de mon demi-frère, Nikolaï, j'appartiens à Franco, son second dans la mafia.

— La semaine prochaine, tu seras ma femme, dit Franco, les dents jaunes et tordues.

Il attrape ma mâchoire et rapproche mon visage du sien pour l'embrasser. Son haleine sent le vomi. Mon estomac se retourne.

Nous sommes devant sa berline noire, la portière ouverte.

Je dois partir avec lui. Je ferais aussi bien d'entamer une grève de la faim. C'est toujours une possibilité.

La bile me monte à la gorge, et je ravale l'acide brûlant avec difficulté. Je garde ma bouche fermée, mais ça ne l'empêche pas de planter ses lèvres épaisses et sèches contre les miennes. Sa langue tente de rentrer dans ma bouche, rude et énergique, mais je refuse de lui donner accès.

Cette vermine peut plutôt embrasser la plante de mes pieds.

Je veux tuer mon demi-frère, mais pas avant d'avoir éliminé Franco.

Sa main épaisse touche mes cheveux, ses doigts s'emmêlent dans mes boucles avant qu'il ne tire fort, ramenant mon visage vers le sien.

— Les autres filles rêveraient d'être aussi chanceuses que toi.

Mon demi-frère est introuvable. Typique. Me vendre et passer à autre chose, comme si je ne représentais rien pour lui. Je ne suis qu'un objet. C'est tout.

Franco me pousse vers la porte arrière de sa berline.

Oh, bon sang, non. Je suis seule maintenant, il n'y a que Franco et son chauffeur.

Si j'arrive jusqu'à sa maison, qui sait le danger qui m'attend. Combien d'hommes je devrais combattre ? Ou quelles mesures de sécurité existent ?

—Lâche-moi !

J'enfonce mon coude dans son estomac et je piétine ses orteils avant de lui donner un coup de genou dans l'entrejambe.

Son chauffeur lève son arme, la pointant sur ma tête.

— S'il vous plaît ! Vous me feriez une faveur, dis-je. Plutôt mourir que de l'épouser.

— Ne la tue pas !

Franco dévie l'arme du conducteur, abaissant le canon.

Je retire mon poing et donne un autre coup au visage, avant que sa main ne me tire les cheveux et ne m'écrase la tête contre le côté de la voiture.

Le monde tourne et la nausée m'envahit.

Il pousse mon corps à l'arrière du véhicule, claque la porte et se dirige vers le côté passager avant.

— Ne vomis pas sur les sièges, salope !

Le moteur de la voiture démarre.

Ma vision se brouille, mais je cherche la poignée de la porte et je tire dessus. Saleté de sécurité enfant. Ça ne s'ouvre pas.

Grrr.

Je suis propulsée contre le siège quand le conducteur appuie sur l'accélérateur. Les pneus crissent, et l'odeur de caoutchouc brûlé me chatouille le nez.

La ligne d'horizon se rétrécie au loin alors que nous sortons de la ville.

Mais où est-ce qu'on va ? Où vit Franco ?

— Où m'emmenez-vous ?

Je me frotte les yeux, confuse et fatiguée. Ma vision devient un peu plus nette, mais j'ai toujours l'impression d'avoir été écrasée par une voiture.

— Home sweet home, chérie. On va en Russie.

La Russie n'est pas mon pays.

Je ne suis jamais sortie des Etats-Unis.

Mes doigts caressent le médaillon en or blanc contre mon cou, le seul souvenir de ma mère qu'il me reste, un cadeau de mon père décédé.

Je n'irai pas en Russie ou dans un autre pays avec Franco.

Je plonge la main dans ma poche et récupère mon téléphone portable. Je le mets en mode silencieux et j'envoie un SMS pour demander de l'aide.

Je ne sais pas combien de temps il me reste avant le vol ou avant qu'ils ne me fouillent. J'ai été stupide de ne pas prendre un couteau ou, au moins, un macis, une sorte d'arme pour me défendre.

J'ai mémorisé le numéro de Mason que j'avais cherché en ligne. Cela fait des années que nous ne nous sommes pas vus.

Nous sommes allés à l'internat ensemble. Il a rejoint l'armée après le lycée, et j'ai été envoyée vivre avec mon père.

Ce n'est un secret pour personne qu'il travaille pour la société de sécurité Tactique de l'Aigle. Je ne peux pas les appeler. C'est trop risqué.

J'espère que leur ligne professionnelle peut recevoir les textos. Je n'ai pas le numéro personnel de Mason, il semble être sur liste rouge.

Mason, j'ai besoin de ton aide. S'il te plaît, trace mon téléphone et viens me chercher. Je ne demanderais pas si ce n'était pas une question de vie ou de mort - ma mort. Hazel

C'est court et précis. C'est tout ce que je peux faire. J'espère que ça passera et qu'il viendra me chercher.

CHAPITRE DEUX

ARIELLA

La lumière du soleil filtre à travers la lucarne, donnant à la cuisine un ton chaud et doré.

L'arôme du café envahit la pièce, je me précipite vers la cafetière, je prends une tasse et je me sers.

Izzie est assise à la table de la cuisine et mange un bol de céréales. Je ne l'ai jamais vue aussi silencieuse, sauf quand elle fait la sieste.

Jaxson descend les escaliers, habillé et prêt à partir.

Je dois encore prendre une douche, mais je serai rapide.

— On va au travail ensemble ? demandé-je.

— Non.

Sa réponse est courte, son ton froid, sans émotion.

Ai-je fait quelque chose pour le mettre en colère ?

Nous n'avons pas parlé de cette nuit où il m'a trouvée dans la douche, recroquevillée, l'eau coulant sur mon corps. Je ne pouvais plus bouger, j'étais complètement secouée. Il m'a habillée, portée au lit, et a dormi à mes côtés.

C'est la seule nuit où j'ai dormi dans cette chambre. Je suis maintenant déléguée à la chambre d'amis, ce qui est logique, je suppose.

On s'est mis d'accord sur le fait que s'il devait être mon patron, les choses devaient rester platoniques.

Ce n'est pas ce que je voulais, mais j'ai des sentiments mitigés. Il a disparu après la seule nuit que nous avons partagée chez moi avant que le feu ne réduise ma maison en cendres. Nous n'en avons pas non plus parlé, et maintenant il semble inutile de repenser à une relation qui ne pourra jamais exister.

Je le regarde fixement, la tasse de café que je tiens à deux mains posée sur mes lèvres.

Les tremblements sont sous contrôle, et bien que ma maison ait brûlé, j'ai pu obtenir une ordonnance du médecin local pour les médicaments dont j'ai besoin pour mon combat contre le dysfonctionnement autonome. Je m'en sors pour l'essentiel.

Son téléphone portable sonne et il l'attrape sur le comptoir de la cuisine.

— Bonjour, Declan. Qu'est-ce qu'il y a ?

Il va dans le salon pour avoir de l'intimité, du moins un semblant d'intimité.

Je sirope mon café et m'assieds à la table de la cuisine en face d'Izzie.

— C'est bon ? demandé-je, en essayant d'avoir une conversation polie avec une enfant de trois ans.

————

C'est ma première semaine de travail, et Jaxson est enterré dans son bureau.

Je ne sais pas s'il m'ignore ou s'il me donne de l'espace pour éviter un traitement préférentiel.

Lucy n'a même pas reconnu mon existence ou le fait que Tactique de l'Aigle m'emploie maintenant. Alors qu'elle est à la réception à l'entrée du bâtiment, je me retrouve à la table de la salle de repos avec mon ordinateur portable branché sur la prise la plus proche.

Il est clair qu'ils ont fait de la place pour que je les rejoigne, et je prends ce que je peux avoir, bureau ou pas. J'ai probablement de la chance d'avoir un ordinateur sur lequel travailler, même si le clavier est défraîchi et usé.

Le couloir n'est pas si terrible, c'est un endroit correct pour travailler.

Je peux presque voir Jaxson si je me penche en arrière sur ma chaise de bureau, ce que je fais sans cesse, faisant grincer la chaise.

Lucy me jette un coup d'œil par-dessus son épaule, les yeux bridés et la mâchoire acérée.

Peut-être que nous n'allons pas être amies comme je l'étais avec Emma.

Je suis d'accord avec ça, tant qu'elle ne m'enterre pas sous la paperasse.

Un message apparait sur l'écran.

Mason, j'ai besoin de ton aide. S'il te plaît, trace mon téléphone et viens me chercher. Je ne demanderais pas si ce n'était pas une question de vie ou de mort - ma mort. Hazel

Qui est Hazel, et pourquoi je reçois son message ?

Je ne suis toujours pas très amie avec Mason. On s'est réconciliés, ou peut-être que c'est parce que ma cabane a brûlé que je lui ai pardonné.

Ce n'est pas sa faute si le feu a pris, et la colère que j'ai envers lui pour m'avoir vendu cet endroit minable semble stupide maintenant. De plus, il ne m'a pas empêché de trouver un emploi et il a aidé Jaxson avec les mecs qui m'avaient menacé.

Nous sommes presque amis. Enfin, pas tout à fait. Il ne me déteste pas, et je ne le méprise pas, du moins plus maintenant.

Je me lève, et la chaise grince.

Lucy se retourne sur son siège, les yeux écarquillés.

— Tu permets ? Il y en a qui essaient de travailler !

Je n'ai pas une tonne de choses à faire, étant donné que c'est ma première semaine et que personne ne m'a assigné de surveillance ou d'antécédents à rechercher. Je tiens ma langue.

Je n'ai pas besoin d'une nouvelle ennemie. J'en ai eu assez dans mon passé.

Mes bottes font un bruit sourd sur le carrelage quand je me dirige vers le bureau de Mason. Je frappe à la porte ouverte, ne voulant pas faire irruption à l'improviste.

— Oui, Ariella ?

Mason lève les yeux de son ordinateur.

— Que puis-je faire pour toi ?

Il n'a pas l'air ravi que je le dérange, mais je dois m'assurer que le message n'est pas une blague et qu'il est bien réel.

— J'ai besoin que tu voies quelque chose qui est apparu sur mon ordinateur, dis-je.

Je ne veux pas élaborer. Je ne suis pas sûre de qui est Hazel pour lui, et les portes sont grandes ouvertes. Les gars peuvent tous entendre notre conversation. J'essaye d'être discrète, pour son bien.

Son attention qui s'était portée sur moi est brièvement revenue sur son ordinateur, sa main droite cliquant et faisait défiler la souris.

— Declan peut t'aider si tu as des problèmes d'ordinateur.

— Il faut que tu voies ça, dis-je.

Comme il ne regarde pas et ne se lève pas, je réessaye. Je suppose que j'ai besoin d'être plus claire pour lui.

— Connais-tu quelqu'un qui s'appelle Hazel ? On dirait bien qu'elle a des problèmes.

Il bondit de sa chaise comme si elle était en feu et me suit jusqu'à mon « bureau ». Il se penche en avant, lisant le message affiché sur mon écran.

— Alors ? demandé-je.

Il étudie le message plus longtemps que nécessaire avant de croiser ses bras sur sa poitrine. — Tracer son téléphone à partir du texto. Tu peux le faire, n'est-ce pas ?

Apparemment, c'est rhétorique. Avant que je puisse répondre, il donne des ordres.

— Envoie-moi ses coordonnées. Si elle est près de Chicago, comme je le pense, alors j'appellerai un de mes potes du bureau des Marshals, Colton. Il nous donnera un coup de main.

— Ok.

Je m'assieds à mon bureau et ouvre une nouvelle fenêtre pour commencer à tracer le numéro de téléphone d'où provient le message. Une fois terminé, je peux localiser sa position à partir des tours de téléphonie mobile. C'est presque sûr, elle est à Chicago.

J'envoie l'information à Mason depuis notre réseau privé.

— Envoie-lui un message en retour. Dis-lui de jouer le jeu.

Je n'ai aucune idée de ce dont Mason parle, mais je relaie le message par SMS. J'ouvre une deuxième fenêtre pour accéder aux caméras de surveillance le long de l'autoroute. Le véhicule dans lequel ils sont se dirige vers l'aéroport international O'Hare.

Où allez-vous ? pensé-je en regardant l'écran.

Des bruits de pas résonnent dans le bureau de Mason, puis la porte claque brusquement. Ai-je été si bruyante ? J'ouvre la bouche pour m'excuser, mais je ne le fais pas.

Mason est au téléphone avec quelqu'un. Je peux entendre sa voix sourde et bourrue à travers le mur. Il parle à quelqu'un, peut-être cette personne, Colton, dont il a parlé plus tôt.

Comment les U.S. Marshals sont-ils en mesure d'aider ?

Dans quoi Hazel s'est-elle fourrée ?

J'espère que ce n'est pas un canular, mais vu le regard qui a traversé le visage de Mason en lisant le message, il devait être authentique. Elle est en danger.

Je veux faire plus. Je ne peux pas laisser passer ça. J'ouvre la fenêtre des SMS avec Hazel et j'envoie une autre réponse.

Peux-tu me dire ce qui se passe ?

Peut-être que je pourrai offrir plus d'aide si nous avons plus d'informations. Ils se dirigent vers l'aéroport. Si je sais quel vol, je pourrai peut-être pirater le système de billetterie et les mettre sur la liste des personnes interdites de vol.

Mason ?

J'avale la boule dans ma gorge.

Oui.

Je réponds un peu trop vite. Avec un peu de chance, il ne sera pas contrarié que je mente. Elle n'aura jamais à le savoir. Et si je peux aider, pourquoi ne pas essayer ?

Quelle est ma couleur préférée ?

Merde. Comment suis-je censée le savoir ? C'est une question piège ? Silence radio. Je ne réponds pas. J'ai merdé.

Mason ouvre la porte du bureau et entre dans le couloir.

— Arrête d'envoyer des textos à Hazel. Je peux tout voir sur ton écran.

Mon estomac se retourne.

Merde.

De là où il se tient, il ne peut pas voir l'écran de mon ordinateur. La seule explication est qu'il a décidé de pirater mon ordinateur. Quand l'a-t-il fait ? Après qu'Hazel m'ait envoyé le premier message ?

Mason jette son manteau et se dirige dans le hall vers l'entrée principale.

— Réponds-lui. Dis-lui arc-en-ciel, me crie Mason par-dessus son épaule.

Arc-en-ciel.

Je pousse un soupir de soulagement. Mes doigts tambourinent contre le bureau. J'attends qu'elle réponde tout en gardant un œil sur le moniteur.

Il y a plusieurs caméras de surveillance à l'extérieur de l'aéroport. La berline noire dans laquelle elle se trouve passe par la dernière. Je me connecte à l'un des flux satellite, et je cible ses coordonnées. J'ai besoin d'être avec elle, pour voir ce qui se passe.

Où diable est parti Mason ? Ne souhaite-il pas regarder avec moi ?

Je me déplace nerveusement sur le siège, et Lucy jette un autre regard noir par-dessus son épaule.

Je grimace mais j'hausse les épaules en réponse. Je ne m'excuse pas de mon inquiétude pour Hazel ou du grincement de la chaise.

Deux SUV noirs font une embardée vers la berline, forçant le véhicule à s'arrêter brusquement.

Je retiens mon souffle et je regarde les quatre hommes qui en sortent, armes au poing, et qui ouvrent la porte arrière d'un coup sec.

L'alimentation devient neigeuse et s'éteint.

CHAPITRE TROIS

Hazel

La tête baissée, j'envoie tranquillement un texto sur mon téléphone portable, quand Franco se retourne sur son siège et m'arrache le téléphone des mains.

— Hé ! Rends-moi ça !

Depuis la banquette arrière, je fais un bond en avant.

Franco baisse la vitre d'une simple pression sur un bouton et jette mon portable sur l'autoroute.

— Espèce de salaud !

— On n'a pas besoin de téléphone en Russie, dit Franco.

Il remonte la vitre.

Dans le rétroviseur, je peux voir son air suffisant, satisfait de ses actions envers moi.

Je n'irai pas en Russie, mais le temps presse.

Nous passons la dernière sortie et nous nous rapprochons des départs et des arrivées de l'aéroport. Il ne semble pas être le genre de type à nous faire prendre un vol commercial, mais c'est un long vol.

S'il me force à entrer dans l'aéroport, je donnerais des coups de pied, je me battrais, je menacerais d'avoir une bombe, n'importe quoi pour ne pas avoir à le suivre.

Pourquoi veut-il que j'aille en Russie ? Est-ce là qu'il vit ? Mon frère se soucie-t-il que Franco m'emmène hors du pays ?

Deux SUV s'arrêtent à nos côtés, l'un bloquant la voiture à l'avant et l'autre à l'arrière. Le chauffeur freine brusquement pour ne pas entrer en collision avec les voitures. La berline n'aurait pas fait le poids.

Quatre hommes en tenue de ville, armes dégainées, se précipitent sur notre véhicule.

L'un d'entre eux tirent sur la porte arrière pour l'ouvrir, ce qui me sauve.

— Hazel Agron, vous êtes en état d'arrestation. Vous avez le droit de garder le silence.

C'est quoi ce bordel ?

Je pensais qu'ils m'aidaient ?

Joue le jeu. Les mots tournent dans ma tête. C'est l'idée que Mason se fait d'une blague ?

L'homme le plus proche de moi me traine hors de la berline et me pousse contre l'asphalte, le visage en premier. Il me tient les mains derrière le dos, m'immobilisant pendant qu'il me menotte et me lit mes droits.

— Ne dis rien ! me crie Franco.

Est-il inquiet pour lui ou pour moi ? Je doute qu'il se soucie de ce qui m'arrive. Il peut s'acheter une nouvelle épouse. Il trouvera quelqu'un d'autre pour me remplacer, et ça me convient.

Les menottes en métal s'enfoncent dans mes poignets tandis que l'homme me fouille à la recherche d'armes avant de me hisser sur mes pieds. Il m'escorte jusqu'à l'arrière de son SUV et me pousse à l'intérieur, les menottes toujours en place, les mains attachées derrière le dos.

L'homme qui m'a mis les menottes est le premier à parler.

— Mason nous a envoyés.

Il ferme la porte et fait le tour du côté opposé avant de monter à côté de moi.

— Désolé pour le côté théâtral, mais il fallait que ça ait l'air convaincant.

— Vous pouvez m'enlever ça ?

Le SUV fait une embardée en avant, et il défait les menottes. Mes poignets sont douloureux à cause du métal. Je frotte les marques, en espérant qu'elles disparaissent.

Nous faisons le tour de l'aéroport avant de prendre l'autoroute.

— Je suis Colton Carr des U.S. Marshals. D'habitude, on n'enlève pas les gens aux voyous.

— Vous devriez peut-être, dis-je en riant doucement. Merci de m'avoir sauvé la vie.

— Ne nous remerciez pas encore. Ces types ne vont pas s'en aller comme ça. J'ai travaillé toute ma vie pour mettre des gars comme ça derrière les barreaux, dit Colton.

— Ouais.

Je jette coup d'œil par la fenêtre alors que nous nous engageons sur l'autoroute. Quel est le plan ? Où est-ce que je vais aller ? Qu'est-ce qui se passe maintenant ?

Je ne peux pas rentrer à la maison. Nikolaï me remettra directement à Franco.

— On t'emmène dans un endroit sûr.

— Comme la protection des témoins ? demandé-je.

Je peux supporter de ne plus jamais parler à mon frère.

— Nous allons obtenir des papiers pour toi et te donner une nouvelle identité. Les agents Stanford et Blakely te conduiront à travers le pays. C'est trop risqué de te mettre dans un avion maintenant, et j'ai parlé avec Mason. Nous sommes tous deux d'accord, c'est mieux si tu es loin de Chicago.

———

Je me suis endormie.

Grosse erreur.

Le crissement des pneus me réveille.

Une forte et lourde odeur de fumée envahit la voiture, alors que je me baisse sur la banquette arrière du SUV noir. Je détourne mon regard.

Des coups de feu éclatent de tous les côtés.

Le conducteur, l'U.S. Marshal Stanford, qui a été plutôt calme au cours des dernières heures, saigne abondamment de la poitrine, haletant et gémissant, luttant pour respirer.

Je ne peux pas faire grand-chose depuis la banquette arrière.

Le deuxième agent, l'U.S. Marshal Blakely, qui est assis du côté passager du véhicule, est maintenant affublé d'une balle dans la tête.

Le conducteur aux cheveux bruns respire difficilement. Il crie :

— Tiens bon !

Le pied sur l'accélérateur alors qu'il nous dirige vers les hommes armés, percutant l'un des SUV noirs avant de faire marche arrière et de recommencer.

Mon corps est secoué. Mon cœur martèle dans ma poitrine.

Le conducteur appuie fort sur l'accélérateur en marche arrière. Je jette un coup d'œil par-dessus mon épaule à travers la vitre arrière brisée alors que nous sommes catapultés en avant et que nous continuons à nous éloigner des hommes qui veulent ma mort.

Les battements de mon cœur ne cessent pas. Ce moment d'agonie semble ne jamais s'arrêter.

Je veux m'échapper, atteindre la porte, me jeter dehors dans l'inconnu et prier pour pouvoir distancer ces salauds.

Il y a près de vingt heures, ils me voulaient en leur possession comme une propriété, et Franco voulait m'épouser.

Maintenant les balles volent tout autour de moi. Il semble avoir changé d'avis sur le mariage arrangé.

Je veux être courageuse, mais je suis terrifiée. Tremblant comme une feuille à l'arrière du véhicule, je rampe sur le sol en boule, sanglotant tandis que le SUV continue sa course en marche arrière. L'U.S. Marshal Stanford n'halète plus. Lui aussi est affalé comme l'U.S. Marshal Blakely, sans m'offrir la moindre protection.

J'ai besoin de me ressaisir. Je n'ai pas fait tout ce chemin, échappé à la mafia russe, pour finir morte au milieu de nulle part.

Mon bras s'étire pour essayer de détacher l'arme du marshal. Il n'en a plus l'utilité. Mes doigts s'étirent, tripotant le holster depuis ma position sur le sol, le véhicule continuant à reculer vers on ne sait quoi.

Avec un bruit sourd, le véhicule est secoué et rebondit, la suspension me donnant l'impression d'être sur un tremplin.

Qu'ont-ils heurté ? Je n'ose pas lever les yeux. Les hommes et leurs coups de feu résonnent plus loin, effacés et oubliés. Mais ils n'ont pas abandonné, à moins que notre véhicule ne les ait blessés et rendus incapables de suivre quand il les a percutés.

Je n'arrive pas à me souvenir du nombre d'impacts que j'ai ressentis, au moins trois. Y a-t-il eu quatre collisions ? Mon corps est encore secoué, mon cou douloureux et mon estomac retourné, mais c'est plus dû à la terreur qu'à autre chose.

Je lève prudemment les yeux, jetant un coup d'œil par la fenêtre arrière.

Merde. On se dirige vers un ravin.

— Stop ! Tu dois arrêter le camion !

Je ne sais pas pourquoi je le crie à Stanford. Il est mort. Il ne peut pas m'aider. Son pied reste comme du plomb sur la pédale, refusant de s'alléger.

Je ne peux pas dire à quelle distance se trouve la chute, mais l'herbe a disparu, et il y a des montagnes au loin. Ça n'a pas l'air prometteur.

Je renonce à l'arme, je n'ai plus le temps. J'attrape la poignée de la porte arrière et l'ouvre.

L'herbe défile, l'air vif de l'hiver frappe mes joues. Je dois le faire si je veux avoir une chance de survivre, et je le veux plus que tout.

Je veux une seconde chance de vivre.

Je me relève en hâte pour me positionner sur le siège. Je prends deux respirations rapides avant de me jeter hors du véhicule, en entendant le fracas du métal en bas.

Je roule du mieux que je peux hors du camion. Mes joues brûlent, mes genoux me font mal et j'ai un terrible mal de tête, mais je suis en vie.

Haletant pour respirer, je m'allonge en regardant le ciel, reconnaissante d'être encore en vie.

Après plusieurs secondes, je sors de ma rêverie et je me dirige vers le ravin, fixant le rebord où le véhicule a disparu.

En bas, le SUV git sur son plafond, écrasé.

Une partie de moi veut descendre et s'assurer que les deux U.S. Marshals sont morts, mais je connais déjà la réponse. Ils sont morts en me sauvant la vie.

CHAPITRE QUATRE

MASON

C'est le milieu de la nuit. Mon téléphone sonne, m'arrachant au sommeil et au confort.

— Quoi ?

Je ne suis pas du matin, encore moins du milieu de la nuit.

— C'est Colton. On a un problème.

J'ai l'impression que mon estomac se déchire. Je passe une main sur mes yeux fatigués et je saute du lit. Dans le noir, j'attrape des vêtements et me précipite dans la salle de bains.

— Merde.

J'allume la lumière, la clarté m'aveugle.

— Qu'est-ce que c'est ?

Je ne suis pas prêt pour ce qu'il est sur le point de m'annoncer.

Hazel est censée être en route pour Tactique de L'Aigle sous notre protection. J'ai demandé le meilleur à Chicago, et c'était Colton Carr.

— Les U.S. Marshals ont été touchés au cours des deux dernières heures. Ils n'ont pas appelé comme ils étaient censés le faire, et leur véhicule ne bouge pas. J'ai les coordonnées GPS. J'ai besoin que vous alliez vérifier.

— Pourquoi ne l'as-tu pas escortée ?

Je mets mon téléphone sur haut-parleur, arrache mon caleçon et le jette contre le mur. Il aurait dû être dans le véhicule.

— Je t'ai appelé toi, Colton. Je ne demandais pas l'aide d'autres agents.

— Stanford et Blakely sont deux des meilleurs agents du service des Marshals. Veux-tu que j'appelle le bureau du shérif ? Tu dois savoir que la mafia est impliquée, la mafia russe. Ils vont continuer à essayer de la retrouver.

J'enfile un caleçon, un jean propre et un pull en vitesse. J'attrape le téléphone et me dépêche, chaussettes à la main, d'aller chercher mes chaussures.

Je n'ai pas une seconde à perdre. La vie d'Hazel est en danger.

— Je le sais.

— Fais-moi savoir ce que tu trouves, dit Colton.

— Ouais.

Je mets fin à l'appel avec Colton, attrape mes clés de voiture et enfile mes chaussettes et mes bottes avant de me diriger vers mon camion.

— Putain de bâtard, marmonné-je dans mon souffle.

Je lui ai demandé de faire une chose, pourquoi n'a-t-il pas écouté ?

L'obscurité de la nuit enveloppe le paysage montagneux. Le ciel nocturne est tacheté d'étoiles, un beau spectacle si je n'étais pas dans cette urgence de trouver Hazel.

Je ralentis à l'approche des coordonnées et je me gare sur le côté de la route. Je laisse le moteur tourner au ralenti, les phares allumés et je déverrouille la porte.

Je sors dans la rue.

Il n'y a pas d'autre véhicule en vue à des kilomètres à la ronde. Où diable est le SUV manquant ? A-t-il déjà été récupéré par une dépanneuse ? Cela ne semble ni normal ni probable un vendredi soir. Surtout si le véhicule vient d'être localisé.

Je prends une lampe de poche dans le camion et je me dirige vers le champ d'où provient le signal. En allumant la lampe devant moi, chercher un quelconque signe d'Hazel semble une tâche impossible.

Elle pourrait être n'importe où maintenant.

Elle n'est jamais allée à Breckenridge. Elle ne sait pas comment me trouver.

La lumière de ma lampe de poche vacille, et s'éteint me laissant dans l'obscurité.

— Merde !

Je jette cette stupide torche au loin, mais je n'entends pas le bruit sourd auquel je m'attendais.

Au lieu d'un atterrissage en douceur sur l'herbe et le champs, j'entends un bruit sourd de métal au loin.

J'attrape mon téléphone dans ma poche et j'utilise la fonction lampe de poche pour mieux voir le son que j'ai entendu : un véhicule écrasé dans le ravin, broyé.

— Hazel ! crié-je en retenant pratiquement mon souffle, en attendant une réponse.

Il n'y a aucun bruit en dessous. L'obscurité entoure le véhicule.

Je me catapulte soigneusement sur le côté du ravin, escaladant la montagne. Mes bottes glissent sous mes pieds, me faisant perdre l'équilibre, mais je me rattrape avant de tomber.

J'atteins le fond du fossé. Je jette un coup d'œil sur le flanc de la montagne. Ce sera l'enfer de remonter, mais je peux le faire.

— Hazel ? appelé-je dans la nuit.

Pas de réponse.

Je m'approche du véhicule écrasé ; des impacts de balles couvrent la carrosserie du SUV.

Que s'est-il passé ?

Je m'accroupie, trouvant deux corps d'hommes. Je vérifie leur pouls, aucun n'est vivant. Il n'y a aucun signe d'Hazel.

Ça doit être une bonne nouvelle. Ça veut dire qu'elle a survécu au crash, non ?

A moins qu'elle ait été éjectée par le pare-brise.

Non, c'est une pensée horrible.

Elle doit être en vie. Hazel est une battante.

J'appelle Aiden. Il saura quoi faire. Je ne veux pas réveiller Jaxson. Il a un enfant à la maison, et Lincoln a le restaurant. Declan sera utile au bureau, alors je mets les deux en conférence téléphonique.

— Qu'est-ce qu'il y a ? demande Aiden.

Il n'a pas l'air aussi fatigué que moi.

— Ça va ? baille Declan. Qu'est-ce qui se passe ?

— J'ai besoin d'aide. Travail au black.

Je n'attends pas qu'ils répondent. Je retourne difficilement à mon camion. Rester dans le champs à la chercher ne m'apportera rien de bon.

— Tu as mon attention, dit Aiden.

Je ne voulais pas les impliquer. J'espérais que ça resterait une affaire privée, mais maintenant ça s'étend aux affaires de Tactique de l'Aigle.

— Une de mes amies a des problèmes. Elle vit à Chicago, son père est mort récemment, et il s'avère que son frère est à la tête de la mafia russe.

— Merde. Tu aurais pu nous l'annoncer moins violemment, plaisante Aiden.

J'ignore sa tentative d'humour. Je ne ris pas.

Hazel est là dehors, et les hommes la traquent, s'ils ne l'ont pas déjà trouvée.

— J'ai contacté Colton Carr hier après-midi lorsque j'ai reçu un message envoyé à notre numéro de téléphone crypté. Selon Colton, Hazel a été vendue dans le cadre d'un mariage arrangé par son frère.

La bile monte dans ma gorge juste en y pensant.

— Colton l'a tirée du danger et l'a mise en route vers nous quand les U.S. Marshals ont été sortis de la route et attaqués.

— Merde, marmonne Declan. Tu penses que celui qui était après elle l'a récupérée ? C'est une mission de récupération ?

Je passe une main dans mes cheveux.

— J'espère que non.

Je tire sur les mèches avant de laisser tomber ma main sur mes genoux.

— Si nous avons de la chance, elle est toujours dehors, cachée, attendant notre aide.

— Dis-moi ce dont tu as besoin, dit Declan.

Le téléphone se connecte au Bluetooth de la voiture.

Je m'attache et reprends la route.

Hazel n'est pas n'importe quelle fille, elle est la première fille que j'ai aimée. Je suis toujours amoureux d'elle. J'ai d'ailleurs comparé toutes celles avec qui je suis sortie avec elle et aucune n'a réussi à avoir autant d'importance.

— A part trouver Hazel ?

Je saisis le volant et opère un demi-tour.

— Je retourne chez moi.

— Tu nous as réveillés pour nous dire que tu retournais au lit ? renifle Declan. Eh bien, merci.

— J'ai un équipement de vision nocturne et des détecteurs thermiques que je peux utiliser pour la trouver. Elle est à pied, à pas plus de deux heures devant nous. Elle suit probablement la route qui mène à la ville, mais cela signifie qu'elle doit s'aventurer dans la montagne.

— On a de la chance qu'il ne neige pas. Espérons qu'elle ait des vêtements chauds et qu'elle ne meure pas de froid, dit Aiden.

Super.

Une façon de ruiner le peu de bonne humeur qu'il me reste. J'appuie plus fort sur l'accélérateur, j'ai besoin de rentrer chez moi. Si j'ai de la chance, je la trouverais avant les hommes qui voulaient la tuer.

Je suis inquiet de voir que le seul véhicule abandonné est celui dans lequel elle est montée. Criblés d'impacts de balles, l'autre véhicule, ou les autres véhicules d'ailleurs, sont toujours là. Ils n'ont pas quitté la route pour se retrouver dans le ravin. Ce qui signifie que les hommes sont en liberté, traquant Hazel comme une proie.

— Je te donne rendez-vous chez toi, dit Aiden. Declan, va au bureau. Tu peux peut-être trouver quelque chose qui nous aidera à comprendre ce qui se passe.

Si je trouve les hommes qui en ont après Hazel en premier, je les tuerais à mains nues.

CHAPITRE CINQ

JAXSON

J'ai du mal à dormir, me tournant et me retournant toute la nuit.

D'habitude, j'ai le sommeil lourd, mais l'odeur du doux parfum d'Ariella se mêle à mon oreiller et force mon esprit à repenser à la nuit que nous avons partagée.

Le regret creuse un trou dans mon estomac.

Je me noie dans son arôme épicé, et, bien que les draps n'empestent pas le sexe, malheureusement, ils sentent toujours son odeur. J'enfouie ma tête sous l'épaisse couverture.

Je déteste ne pas avoir dit à Ariella ce qu'elle représentait pour moi lors de cette nuit partagée, mais maintenant, cela semble faire une éternité.

C'est drôle comme quelques jours peuvent changer votre vie.

Mon téléphone portable sonne sur la table de nuit. Je pousse la couverture vers le bas et je grommèle.

Je ne suis pas prêt à être réveillé pour le travail. L'écran de mon téléphone éclaire la chambre noire.

Le regard épuisé, je cherche le téléphone et j'appuie sur la touche « répondre ». Le plaquant contre mon oreille, je ferme les yeux, essayant de me réveiller, ce qui semble contre-productif.

— Tactique de l'Aigle, dis-je.

L'appel qui arrive n'est pas celui d'un des gars, et à cette heure, ça doit être un client.

— Jaxson Monroe. Puis-je vous aider ?

— Je l'espère bien, dit une voix profonde et bourrue.

L'homme a un accent épais, ukrainien ou russe. C'est difficile de les différencier. Il s'éclaircit la gorge.

— J'aimerais vous engager pour retrouver ma femme.

Je me redresse dans le lit et j'allume la lampe de chevet.

— Nous n'avons pas l'habitude de nous occuper des affaires domestiques, dis-je.

Je me déplace pour m'asseoir au bord du lit. Mes pieds sont fermement plantés sur le sol. Le sol est froid, et l'air en dehors des couvertures chaudes me donne la chair de poule.

Le téléphone à l'oreille, je me lève et me dirige directement vers ma commode.

— Ce n'est pas une affaire domestique. Elle a été arrêtée hier matin. Quand j'ai contacté les autorités pour qu'elles versent sa caution et la libèrent, elle n'a jamais été amenée pour être enregistrée.

Il a mon attention.

— Pensez-vous que les autorités sont impliquées dans sa disparition ?

Cela semble un peu fou, même pour moi.

— Non, ce serait absurde.

J'ouvre le tiroir de ma commode, prends des vêtements propres et les jette sur le lit.

— Ce ne sont probablement pas les autorités qui ont arrêté votre femme.

— C'est précisément ce qui m'inquiète. J'ai beaucoup d'ennemis. Je ne voudrais pas qu'ils s'en prennent à mon bien le plus précieux. Je peux vous assurer que je paierai grassement pour qu'elle me revienne.

C'est bon à savoir, mais ce n'est pas le seul facteur à prendre en compte.

— Envoyez-moi une photo de votre femme, avec son nom et tout signe distinctif - piercings, cicatrices ou tatouages - afin que nous puissions l'identifier facilement.

Je donne à l'homme mon adresse électronique pour qu'il m'envoie les informations.

— J'aimerais aussi vous rencontrer.

C'est une obligation. Pour chaque personne que j'engage comme client, je me renseigne pour être sûr est clean et qu'elle ne contrecarre pas une enquête en cours.

— Bien sûr. Que diriez-vous de midi ?

Je lui donne l'adresse de Tactique de l'Aigle et prends son nom et son numéro de téléphone avant de raccrocher.

Je me douche et m'habille en vitesse, je glisse mon téléphone dans ma poche arrière et j'éteins les lumières de ma chambre.

Je descends la cage d'escalier arrière directement dans la cuisine et je fais du café. Je vais avoir besoin d'un coup de fouet supplémentaire pour rester éveillé aujourd'hui.

Mon corps est léthargique, et je ne peux pas me permettre que mon esprit ressente la même chose.

Je fixe la cafetière, attendant que le café coule, le sifflement de l'eau qui chauffe remplissant ma tête embrumée.

Qui voudrait kidnapper une femme en se faisant passer pour les autorités pour l'arrêter ? me dis-je. Je m'appuie sur le comptoir.

Cela n'a pas de sens. Mon instinct me fait douter de tout ce que l'homme a dit au téléphone.

Dès que je recevrai une communication avec lui, je pourrai suivre son téléphone, vérifier ses antécédents et m'assurer qu'il n'a rien à cacher.

C'est ce que nous faisons avec tous nos clients quand il s'agit de personnes disparues ou d'enlèvements. Dans la plupart des cas, un conjoint est impliqué ou si c'est un enfant, les parents. Nous n'informons pas les parents ou le conjoint que nous examinons leurs finances, leurs antécédents et leurs transgressions passées.

De légers bruits de pas retentissent dans la cage d'escalier arrière. Je me redresse et expulse une lourde respiration. Je peux sentir sa présence, sentir son doux parfum de l'autre côté de la pièce. Ariella s'est levée.

— Je t'ai réveillée ?

Je n'avais pas l'intention de poser cette question de manière brusque et brutale, mais le manque de sommeil me fait souffrir.

Je ne suis pas du matin sans six bonnes heures de sommeil. J'en ai eu beaucoup moins, surtout lors d'entraînements impliquant une privation de sommeil et des situations de combat. Ce n'est ni l'un ni l'autre aujourd'hui, heureusement.

— Non. Je ne pouvais pas dormir. Le café est prêt ?

Je prends deux tasses dans le placard, les retourne et les mets à l'endroit.

— Presque.

La cafetière infuse. De la vapeur s'échappe de l'arrière de l'appareil. Ce n'est pas de la haute technologie, mais ça fait une bonne tasse de café en un temps raisonnable. Je déteste qu'on me fasse attendre pour mon café du matin.

Le reste du café s'égoutte dans la cafetière, et je verse deux tasses. Je me retourne et lui en tends une.

— Merci, chuchote-t-elle, en me regardant fixement.

J'essaye de ne pas la dévisager dans son bas de flanelle ample ou dans son t-shirt blanc qui colle à ses seins et révèle ses tétons. J'échoue lamentablement.

Ses yeux s'agrandissent et elle ajuste sa chemise, un bras sur ses seins généreux, l'autre main portant la tasse à ses lèvres.

Je veux m'excuser, je sais que je dois dire quelque chose.

Au lieu de cela, je détourne le regard, passe une main dans mes cheveux et montre le réfrigérateur.

— Sers-toi. Je dois partir tôt ce matin et prendre de l'avance sur un nouveau client.

— Oh. Je peux t'aider en quoi que ce soit ?

Ses yeux sont pleins de promesses et d'espoir.

— Non. Il n'y a aucune raison pour que tu viennes travailler plus tôt. Je vais vérifier les antécédents ce matin. Quand tu arriveras au bureau, nous verrons sur quoi nous pouvons te faire travailler.

Elle boit son café doucement, en portant le mug à ses lèvres et en prenant une longue et lente gorgée.

— Ça ne me dérange pas de venir plus tôt.

— Ce n'est pas une bonne idée.

Tous les deux seuls ensembles, au bureau. Des pensées folles me viennent, impliquant de la pencher sur mon bureau, de soulever sa jupe, et de faire ce que je veux avec elle.

Couché, mon garçon. Je dois me calmer avant qu'elle ne soit témoin de mon excitation.

Ses sourcils se froncent et sa lèvre inférieure s'avance.

— Eh bien, peut-être que ce n'est pas à toi de décider.

Elle pose sa tasse avec force et fait éclabousser les restes de café.

Elle attire mon attention.

— Excuse-moi ?

Je me rapproche et je regarde ces yeux verts intenses, une teinte olive qui m'attire à chaque fois.

— Je travaille pour Tactique de l'Aigle, pas seulement pour toi, dit-elle.

Ses lèvres sont fermes et sa mâchoire serrée.

Le désir me donne envie de me pencher, d'enrouler un bras autour de sa taille et de la serrer contre ma peau.

J'imagine soulever sa mâchoire avec mon pouce, guider ses lèvres vers les miennes. Nous sommes à quelques centimètres l'un de l'autre.

Peut-elle sentir la chaleur rayonner de mon corps sur le sien ?

Je passe une main sur ma nuque et je fais un pas en arrière pour me remettre de ce fantasme. Cela ne peut pas arriver. Cela ne doit pas se produire.

Ariella est mon employée, et même si j'ai des sentiments pour elle, nous nous sommes engagés à ne pas donner suite à ces désirs. Je dois respecter ça. Je dois prendre une douche froide.

— J'ai fait quelque chose qui t'a énervé ? demande Ariella.

— Oui.

CHAPITRE SIX

Hazel

Le ciel s'assombrit, le bruit lointain des animaux sauvages se faire entendre autour de moi. Je reste dans le pré, la route n'est qu'à quelques mètres, mais je ne veux pas marcher sur la surface pavée.

Chaque fois qu'une voiture passe, je m'arrête et me baisse, m'allongeant contre l'herbe, me cachant des hommes qui sont à ma recherche, les mêmes qui ont tué les U.S. Marshals.

Était-ce Franco ou un de ses hommes de main ? Dans tous les cas, je ne suis pas en sécurité.

Mes pieds me font mal et sont couverts d'ampoules. Je ne peux pas enlever mes chaussures. Ce serait encore plus douloureux et stupide.

Je n'avais pas prévu que les U.S. Marshals finiraient morts. Tout cela est ma faute.

Je m'entoure de mes bras, la pente raide de la montagne est difficile pour mes mollets de citadine.

Je ne suis pas en forme, du moins pas pour une randonnée de cette ampleur. Je suis à bout de souffle.

Plus je monte, plus la neige recouvre la route.

Le bruit des pneus sur le gravier et la boue me force à me figer.

Quelqu'un arrive. Est-ce Franco ?

Je me baisse et reste complètement immobile, la forêt m'entourant, permettant au véhicule de passer sans que le conducteur ne me remarque.

Le camion accélère sur la route de neige et de gravier de la montagne. Au loin, à travers la forêt, une lampe de poche clignote.

Je quitte la route et traverse les broussailles, les branches craquant sous mes pieds.

Je dois prendre le raccourci. C'est le seul moyen de sortir du froid aussi vite que possible.

De ma position accroupie, j''observe avec fascination un homme sortir de son camion et se tenir devant le bâtiment. C'est trop grand pour être une maison.

Il n'est pas possible pour lui de me voir. Je fais quelques pas de plus en avant.

Il ne peut pas savoir que je suis ici, n'est-ce pas ? Mon estomac se retourne, et j'essuie la sueur de mes paumes sur mon jean.

Il n'est rien de plus qu'une silhouette, un beau personnage d'après ce que je peux voir, mais il fait sombre, et rapidement, il rentre à l'intérieur.

Je m'approche de la lisière de la forêt et je fais un pas dans la boue neigeuse et glissante. Mes chaussures s'enfoncent dans l'humidité alors que je m'approche du bâtiment avec un panneau sombre qui indique « Lumberjack Shack ».

A l'extérieur, deux véhicules sont garés. Est-ce le propriétaire et un membre du personnel ? Le bâtiment n'a pas l'air ouvert. Mais il est très tard ou incroyablement tôt, selon le point de vue.

Je me précipite vers l'entrée et j'essaye d'ouvrir la porte, curieuse de savoir s'ils la gardent fermée.

Elle ne bouge pas. Je jette un coup d'œil par la fenêtre ; les chaises sont placées à l'envers sur les tables. L'endroit est fermé pour la nuit.

Vont-ils ouvrir bientôt ? Le soleil ne se lèvera peut-être pas avant quelques heures, mais s'ils servent du café et un petit-déjeuner, alors ils ouvriront.

La porte d'entrée s'ouvre, et je sursaute. Ce n'est pas un des hommes qui me poursuivaient.

Je jette un coup d'œil vers lui. Il a l'air d'un homme des montagnes, avec sa barbe épaisse et sa chemise en flanelle.

— Vous avez failli me faire avoir une crise cardiaque ! dis-je.

— Moi ? C'est vous qui regardez à travers mes fenêtres.

Il m'étudie un moment avant de jeter un coup d'œil au parking presque vide.

— Pas de voiture ?

Il n'y a aucun intérêt à lui mentir.

— J'ai marché.

Je m'entoure de mes bras, me sentant minuscule par rapport à sa taille et à son allure.

Il pourrait facilement me dominer, mais ses yeux brillent d'hilarité.

Il n'a pas l'air effrayant, pas comme Franco.

— Entrez, pour vous protéger du froid, dit-il.

Je n'attends pas qu'il me le demande deux fois ou qu'il se pose des questions. Je lui emboîte le pas et le rejoins à l'intérieur. J'expire une longue et forte respiration, la chaleur du bâtiment apaisant déjà mes muscles douloureux et tendus.

Le restaurant est faiblement éclairé, et il corrige tout de suite cela, me faisant mal aux yeux. Je cache mon regard jusqu'à ce que je m'adapte à la luminosité.

— On dirait que vous avez besoin d'un repas et peut-être d'une douche, dit-il.

Je n'enlèverai pas mes vêtements. Peu de chance que ça arrive, mon pote.

— Un café, ça ira.

J'ai besoin de caféine pour rester éveillée.

J'ai dormi une heure ou deux maximum dans la voiture pendant la traversée du pays. Si j'avais su ce qui allait se passer, j'aurais essayé de dormir plus.

— Je m'appelle Lincoln, dit-il dit en se présentant.

Je le regarde fixement, me demandant si je dois donner mon nom ou mentir.

— Ashley Sinclair.

Le mensonge glisse avant même que je puisse m'arrêter si je le voulais.

— C'est un plaisir de te rencontrer, Ashley.

Ses yeux sont serrés, étroits, alors qu'il se dirige derrière le comptoir pour préparer une cafetière.

Je le suis, mes pieds laissant un désordre de neige et de glace sur l'intérieur du sol du restaurant. Lincoln va me détester. Il me détestera encore plus quand il réalisera que je ne peux pas payer le café.

— En fait, je vais prendre un verre d'eau.

Je n'ai même pas un dollar à mon nom. Mon portefeuille et mes possessions sont avec Franco.

Tout ce que je possédais a été laissé derrière moi.

— Je peux voir que tu as traversé beaucoup de choses aujourd'hui. Le café est offert par la maison, dit Lincoln.

— Vraiment ?

Je ne peux pas croire qu'il est gentil juste pour être gentil. Les gens à Chicago ne sont pas vraiment gentils, sauf s'ils veulent quelque chose en retour.

— Tu me rappelles quelqu'un, dit-il.

Je grimpe sur le tabouret pour m'asseoir au comptoir.

— Eh bien, je peux vous assurer que nous ne nous sommes jamais rencontrés. Je n'ai jamais été à - où suis-je exactement ?

J'étais sur le chemin pour Tactique de l'Aigle, mais tout ce dont je me souviens est que c'est quelque part dans le Montana.

— Tu as vraiment des problèmes si tu ne sais pas dans quelle ville tu te trouves, dit Lincoln.

Il attrape un mug et me verse une tasse de café.

— Crème et sucre ?

— Oui, s'il vous plaît.

Il attrape une poignée de sachets de crème et de sucre sous le comptoir.

— Merci.

J'ouvre et verse deux crèmes avant d'ajouter quatre sachets de sucre.

— La vache, tu es gourmande. Il rit et passe une main le long de sa mâchoire. Je ne suis pas sûr d'avoir déjà vu quelqu'un utiliser autant de sucre dans une seule tasse de café.

Ai-je été impolie de faire ça sans gouter son café d'abord ? Tous les cafés ne sont-ils pas pareils ? Amers et forts.

Son téléphone portable sonne, et il fouille dans la poche de son pantalon. Ses sourcils se froncent alors qu'il répond à un message texte.

— Une petite amie ? demandé-je.

Il a l'air perplexe. Peut-être qu'elle est furieuse qu'il ne soit pas au lit à cette heure ?

— Non. Euh, mon second travail.

— Oh.

Je tiens la tasse chaude entre mes deux mains, soufflant doucement dessus avant de la porter à mes lèvres. J'inhale la chaleur avant de laisser mes lèvres effleurer la porcelaine.

— Donc, vous travaillez ici à mi-temps ?

— Je suis propriétaire de l'endroit, dit Lincoln.

Il range son téléphone, le remettant dans sa poche.

— Tu as dit que ton nom est Ashley ?

— Oui, c'est ça.

Je prends une autre gorgée de mon café pour rester occupée.

C'est plus facile de mentir quand je n'ai pas à faire face à l'homme qui m'a sorti du froid et réchauffé.

— Tu as été séparée de quelqu'un ? demande Lincoln.

Il se sert une tasse de café noir.

— Je n'arrive pas à comprendre pourquoi tu es dehors dans le froid sans voiture.

— Je vis juste en bas de la rue.

Lincoln sourit.

— Bien sûr. Tu viens probablement ici tout le temps. J'ai juste une très mauvaise mémoire. Un effet secondaire de mon service pendant la guerre.

Je bois une autre gorgée, mon estomac grondant de faim.

— Comment aimes-tu tes œufs ?

— Pourquoi ?

A-t-il aussi entendu mon estomac grogner ?

— Je vais te préparer quelque chose à manger, et bien que j'aurais normalement proposé des crêpes, je parie que tu as besoin d'un supplément de protéines. On dirait que tu as marché pendant des kilomètres dehors. J'ai raison ?

Est-ce si évident que j'ai des problèmes ? Je couvre mon visage avec ma main.

— J'ai juste un peu tourné en venant de chez moi.

Un autre mensonge. Décidemment, ils s'échappent facilement.

— Bien. Comment aimes-tu tes œufs ? Je vais faire les miens brouillés.

J'ai l'eau à la bouche à l'idée de manger. Ce n'est même pas encore prêt, et déjà, mes sens peuvent en imaginer le goût.

— Brouillés, c'est parfait.

— Je reviens tout de suite, dit Lincoln en se dirigeant vers la cuisine.

Je me retourne sur mon siège, gardant un œil sur la porte. Je veux être alerte et préparée au cas où les hommes qui nous ont fait sortir de la route et ont tiré sur le 4x4 reviendraient me chercher. Je ne les ai pas vus depuis que je me suis échappée du véhicule et que j'ai sauté avant que le SUV ne plonge dans le ravin. Ont-ils présumé que j'étais morte ?

Mason pense-t-il que je suis morte ?

J'ai beau le traquer sur Internet, je n'ai pas réussi à savoir s'il est célibataire ou s'il s'est déjà marié. Il n'y a pas grand-chose sur lui en dehors du fait évident qu'il a servi dans les forces spéciales de l'armée et qu'il est maintenant copropriétaire de Tactique de l'Aigle. C'est presque comme s'il voulait que les gens sachent ça de lui, et c'est tout.

Je bois la dernière gorgée de mon café. J'en veux un autre. Je glisse du tabouret et passe derrière le comptoir. Lincoln est occupé dans la cuisine. Avec un peu de chance, il ne m'en voudra pas de me servir une deuxième tasse.

La sonnette de la porte retentit alors que quelqu'un ouvre la porte et se dirige vers l'intérieur.

Je me cache derrière le comptoir et je ferme ma bouche.

— Allô ?

Un épais accent russe résonne dans le restaurant. Sa voix résonne et se répercute à chaque pas lourd qu'il fait.

Putain !

Une deuxième série de pas séparés de l'homme qui a parlé s'approche du comptoir.

— On peut se faire servir ? dit un autre Russe.

Il frappe le dessus du comptoir ce qui soulève la tasse et laisse s'échapper un peu de café.

CHAPITRE SEPT

MASON

Je me gare sur le parking après avoir appris de Lincoln qu'une fille étrange s'est présentée au restaurant.

Ça doit être Hazel.

Qui d'autre pourrait se promener là à pied au milieu de la nuit ? Son message était bref mais suffisamment détaillé pour indiquer que la fille avait des problèmes.

Je me gare à côté d'un SUV inconnu et je sors de mon camion.

Des impacts de balles tapissent l'extérieur de la carrosserie du SUV. Je prends mon arme et me précipite à l'arrière du restaurant, par la porte qui a été laissée ouverte pour les livraisons.

Le soleil ne s'est pas encore levé, mais les camions de livraison arrivent généralement avant l'ouverture du restaurant aux clients.

Je me précipite à l'intérieur, arme au poing, je traverse la cuisine et trouve Lincoln.

— Où est-elle ?

Un gros accent russe résonne de l'autre côté de la porte.

— On peut se faire servir ?

— Là-bas, me répond Lincoln.

Il passe la main sous le comptoir de la cuisine et attrape son arme de rechange.

— Je l'ai laissée cinq minutes pour préparer le petit-déjeuner, je le jure...

Je lève la main pour qu'il se taise. Ils n'ont pas dû la voir, sinon ils l'auraient prise et seraient déjà partis.

J'attrape un plateau de service et l'utilise pour cacher mon arme. Lincoln suit directement derrière moi pour qu'ils ne voient pas son arme non plus.

— Je peux vous aider, monsieur ? demandé-je, en sortant de la cuisine.

J'essaye d'ignorer la brillante chevelure auburn nichée dans le creux du comptoir, cachée à l'abri des regards. Elle tremble sur le sol, le corps serré comme une cacahuète, comme dans un de ces exercices qu'on apprenait à l'école primaire.

— La cuisine n'est pas encore ouverte. On peut vous faire du café à emporter.

Les hommes échangent des regards distraits.

— Quel genre de restaurant n'est pas ouvert pour le petit-déjeuner ?

— Le genre qui ne sert pas de petit-déjeuner, dit Lincoln en serrant les dents.

Les poings serrés, il vient de mon côté pour bloquer l'entrée de la cuisine et le coin du comptoir où Hazel s'est cachée.

A-t-elle vu les hommes arriver ? Comment a-t-elle su qu'il fallait se cacher ?

— Vous savez où je pourrais trouver un lit ? demande l'homme aux cheveux noirs clairsemés. Ses muscles dépassent de sa chemise.

Pourquoi diable ne porte-t-il pas de manteau ? Quel idiot se promène en hiver sans manteau ?

— Il n'y a pas de place libre de ce côté de la montagne, dis-je.

Je ne veux pas que ces hommes restent en ville.

— D'accord.

Ils échangent un regard rapide et superficiel avant de lever leurs armes.

Les pistolets tirés vers nous, les balles volent dans l'air.

Je me baisse près du comptoir et me glisse derrière avec Hazel. Ses yeux rencontrent les miens.

Je lui fais signe de rester à terre.

Lincoln tire une série de coups de feu, et je me mets derrière le comptoir, faisant de même, leur assénant plusieurs coups à la poitrine, puis un dernier coup mortel à la tête.

— Merde, marmonne Lincoln, en se retournant pour leur enlever les armes des mains.

Il sent leurs pouls, une habitude, juste pour s'assurer qu'ils sont aussi morts qu'ils en ont l'air. Tu crois que l'assurance couvre les dégâts ?

Je ris dans mon souffle. C'est sa plus grande préoccupation ?

J'aide Hazel à se lever. Elle tremble dans mes bras, les yeux écarquillés, pleins de terreur.

— Tout va bien. Tu es en sécurité maintenant, dis-je. Ils ne peuvent pas te faire de mal.

— Je ne m'inquiète pas pour eux, chuchote Hazel. C'est de Franco que j'ai peur.

— Fais-la sortir d'ici, dit Lincoln. Emmène-la à Tactique de l'Aigle. Je vais nettoyer ce bordel et appeler le shérif local.

— Il va vouloir toutes nos déclarations.

Même si je veux protéger Hazel, je ne vais pas non plus enfreindre la loi pour elle.

Nous avons tué deux hommes en légitime défense, mais elle est un témoin et la raison pour laquelle les hommes étaient dans le restaurant. Nous ne pouvons pas la laisser en dehors de l'histoire.

De plus, le shérif et moi avons une bonne relation. Nous avons été consultants pour la police locale de temps en temps et les avons aidés quand ils en avaient besoin.

Il serait sage de leur faire savoir dans quoi ils s'embarquent. Il est possible que ce soit loin d'être terminé.

— Oui, je sais.

Lincoln nous fait sortir du restaurant.

— Je vais lui dire de passer à ton bureau. Fais-la juste sortir d'ici et garde-la hors de danger.

Je jette un coup d'œil par la fenêtre, pour m'assurer qu'il n'y a pas d'autres véhicules ou d'hommes rôdant dehors, avant d'ouvrir la porte et de la conduire à mon camion.

— Merci de m'avoir sauvé la vie, dit Hazel.

J'essaye de ne pas la fixer, mais bon sang, c'est difficile. Je ne l'ai pas vue depuis plus de dix ans.

Je souris comme un idiot et j'ouvre la porte du camion.

— Monte.

Bon sang, c'est bon de la revoir. Même si j'aurais préféré que ce soit dans d'autres circonstances.

Je lui tends la main alors qu'elle peine à se hisser sur le marchepied. Une fois à l'intérieur du camion, je ferme la porte et me précipite du côté conducteur.

Je grimpe dedans, je quitte le parking et je garde mon attention sur la route. Je m'assure que personne ne nous suit.

— Comment vas-tu ? Enfin, à part ça.

Quelle question stupide. Depuis quand suis-je devenu un idiot maladroit avec les femmes ?

Hazel a capté mon intérêt et mon cœur au lycée. Nous sommes allées au pensionnat ensemble à Chicago. Quand mes parents vivaient dans le Montana, j'ai eu des tas d'ennuis, et ils m'ont envoyée vivre avec ma grand-mère à Chicago.

Ça n'a pas duré.

Après deux semaines avec elle, j'ai eu le choix entre une école militaire ou un internat.

Hazel pousse un long et fort soupir. Son regard ne quitte pas mon visage.

— Est-ce que j'ai quelque chose sur le visage ? demandé-je en me frottant le front.

— Non. C'est juste que je ne t'ai pas vu depuis si longtemps. J'ai envie de te serrer dans mes bras puis de te frapper pour m'avoir brisé le cœur, dit Hazel.

Quoi ? Quand lui ai-je brisé le cœur ?

J'essaye d'y réfléchir, mais mon attention est rapidement détournée lorsqu'une voiture noire se dirige vers le nord de la route.

D'instinct, je tends la main et guide sa tête vers le bas pour qu'au moment où le véhicule passe, ils ne voient pas son visage.

— D'autres Russes ?

La voix d'Hazel tremble.

Ils ne ressemblent pas aux voyous de tout à l'heure, mais c'est quand même étrange de voir quelqu'un qui n'est pas du coin à cette heure-ci.

J'attends que le véhicule soit passé pour répondre.

— Je ne pense pas qu'ils soient avec les gars du restaurant.

Il y a des clients qui restent à la station et qui montent au restaurant ou font de la randonnée sur les sentiers locaux, mais cela n'arrive pas avant le jour.

Je sens que quelque chose ne va pas, mais je ne veux pas l'inquiéter.

Le soleil est sur le point de percer l'horizon. J'appuie sur l'accélérateur.

Il serait plus facile de se déplacer dans l'obscurité.

La lumière du jour va faire ressortir Hazel avec ses cheveux auburn ardents. Je vais devoir envoyer Ariella au magasin pour acheter de la teinture pour cheveux et probablement d'autres nécessités.

Une chose à la fois. La première, c'est de s'assurer qu'elle survive.

Je me gare devant Tactique de l'Aigle et je le précipite à l'intérieur du bâtiment, fermant le verrou dès que nous sommes à l'intérieur.

— Viens avec moi.

Je l'emmène dans le couloir et dans mon bureau. Je ne veux pas qu'elle soit près de l'entrée, et bien qu'il y ait une porte arrière, elle n'est pas facilement accessible avec la neige et la glace le long du chemin qui y mène. Personne ne pelle jamais l'allée arrière.

Elle me suit dans mon bureau, ses pas sont doux et presque inaudibles sur le carrelage, alors que mes pas forts et énergiques annoncent clairement ma présence.

Aiden et Declan sortent leurs têtes de leurs bureaux respectifs.

— Bonjour, disent-ils à l'unisson.

— Voici Hazel. Hazel, voici Aiden et Declan, dis-je en les présentant.

— Content que tu sois arrivé à temps au restaurant, dit Declan. Lincoln nous a envoyé un SMS disant que la fusillade était terminée, sinon on aurait couru pour aider.

— On s'en est occupé.

Nous ne sommes pas laissés dépasser ou désarmer. J'ai traversé pire, d'innombrables fois.

— Je vais emmener Hazel dans mon bureau, discuter avec elle en privé pendant quelques minutes. Le shérif va venir dans un moment pour nos déclarations. Laissez-le entrer, d'accord ? Et gardez la porte fermée. On n'est jamais trop prudent.

Je n'attends pas leur réponse. Je ferme la porte du bureau presque devant eux. Ils font un pas en arrière en connaissance de cause ; je suis en charge puisque c'est mon affaire.

Hazel est une priorité, *ma priorité.*

— Assieds-toi, lui dis-je en lui proposant le canapé dans le coin.

Je m'approche du meuble de rangement et je fouille dans quelques bibelots avant de tomber sur un qui devrait faire l'affaire.

— Qu'est-ce que tu cherches ? demande-t-elle.

Je lui montre le bracelet doré, le fais glisser sur sa main, le laissant pendre sur son poignet.

— Je préfère les bijoux en argent, dit Hazel.

— Garde-le jusqu'à ce que tout soit résolu avec Franco. Ok ?

Nous n'avons pas grand-chose en termes de dispositifs de suivi à l'étage.

Le sous-sol abrite notre équipement de surveillance, nos gadgets spécialisés et un serveur haut de gamme avec une cage de Faraday pour empêcher les pirates d'entrer alors que nous sommes capables d'infiltrer les sécurités les plus solides. Nous avons également des armes sous clé, mais nous nous sommes mis d'accord dès le début pour que seuls ceux d'entre nous qui travaillent pour Tactique de l'Aigle soient les seuls à connaître le sous-sol ou ce qui s'y trouve.

Je ne suis pas prêt à laisser Hazel sans surveillance, ni même à descendre pour chercher un autre type de dispositif de localisation. Le bracelet suffira, et il lui va bien.

Elle regarde le bracelet sur son poignet. Un léger sourire se dessine au coin de ses lèvres.

— Si j'avais su que tu allais me donner un bijou, je t'aurais rendu visite bien plus tôt.

Je retourne la chaise de bureau et m'affale dans le cuir, face à elle.

— C'est un dispositif de suivi. Tant que tu le portes, tu es en sécurité.

— N'est-ce pas plutôt évident ?

Elle pousse son bras vers moi, le bracelet se balançant sur son poignet.

— Ce n'est pas très discret.

Nous avons des traqueurs high-tech discrets, mais le fait est que je ne la quitterai pas des yeux. C'est une formalité, juste au cas où quelque chose arriverait.

— Ça n'a pas à l'être. Je ne laisserai pas Franco s'approcher de toi.

Je m'assieds en face d'elle, en joignant mes mains sur mes genoux.

— Je veux tout savoir sur ce bâtard. Dis-moi tout.

Ses doigts jouent avec le bracelet pendant qu'elle parle.

— Je ne sais pas grand-chose sur lui. Mon frère, le nouveau chef de la mafia russe, m'a vendue à son second.

— Il t'a vendue ?

Mes poings se serrent et je me lève, dégoûté par tout homme qui pense qu'une femme est sa propriété. Je ne peux pas rester assis, mes jambes ne le permettent pas.

Je fais les cent pas dans mon bureau, faisant pratiquement un trou dans le carrelage.

— Continue.

J'ai besoin de plus de détails.

Même si ça me rend malade de l'entendre, je veux tout savoir.

— Nikolaï trouvait qu'il était temps que je me marie et a arrangé l'achat à Franco Ivanov.

J'arrête de faire les cent pas quand je reconnais le regard hésitant sur son visage.

Je me penche, je serre sa main dans la mienne et, de l'autre main, j'introduis mes doigts dans ses cheveux rouge vif, guidant son menton vers mon regard.

— Je ne laisserai rien t'arriver. Je te le promets, Hazel, tu es en sécurité avec moi.

— Je ne serai plus jamais en sécurité, râle-t-elle. Franco n'arrêtera pas de me chercher.

Ses mains tremblent, et elle s'éloigne pour essuyer les larmes salées qui scintillent aux coins de ses yeux.

— Je veux dire, peut-être que si, mais si c'est le cas, c'est seulement parce qu'il veut me tuer. Ils ont tué deux U.S. Marshals, Mason. Les hommes comme ça ne s'arrêtent pas. Ils n'arrêteront jamais de me chercher. Je ne serais pas surprise que Franco exige que ses hommes me rendent morte ou vive.

Je ne laisserais pas ça arriver à Hazel. Elle compte trop pour moi, et en plus, c'est mon travail de protéger ceux qui ne peuvent pas se protéger eux-mêmes.

— D'abord, tu vas devoir parler avec le shérif. Quand vous aurez fini, je te ferai déménager et tu auras une équipe de protection avec toi tout le temps.

— Je pensais que je devais rester ici.

Hazel tapote le canapé.

— Je peux dormir ici. Ce n'est vraiment pas un gros problème.

Est-elle folle ? Bien que nous ayons une sécurité décente à Tactique de l'Aigle, c'est un endroit privilégié pour que Franco la recherche.

Nous ne pouvons pas l'héberger avec l'un de nos membres de Tactique de l'Aigle, ce qui est contraire au protocole, et elle m'a indirectement engagé quand elle a demandé de l'aide.

De plus, je ne peux pas la surveiller vingt-quatre heures sur vingt-quatre. Il serait préférable, pour son bien, que toute l'équipe l'aide.

Jaxson ouvre la porte, inconscient de ce qui se passe. Il n'a pas été tenu au courant, et c'est ma faute.

Ses sourcils se froncent, pointant vers Hazel.

— Nous avons un nouveau client, dit Jaxson. Il a appelé ce matin et nous a engagé afin de retrouver sa femme disparue. Je suis désolé. Nous ne nous sommes pas rencontrés. Je suis Jaxson Monroe.

— Ashley Sinclair, dit Hazel avec un sourire forcé en tendant la main.

CHAPITRE HUIT

JAXSON

— Ravi de vous rencontrer, Mme Sinclair, dis-je en m'approchant et en lui tendant la main.

Un regard sur elle, et sans aucun doute, je la reconnais comme étant Hazel Agron grâce à la photo sur mon téléphone.

Qu'est-ce que Mason fait avec elle ?

— Je peux te parler, seul à seul ? demandé-je à Mason.

— Bien sûr, j'en ai pour une seconde, dit-il à la femme assise sur le canapé de son bureau.

Je sors dans le couloir et lui fais signe d'entrer dans mon bureau.

Je force la porte à se fermer plus fort que prévu. Elle claque.

— Quelque chose te tracasse ? demande Mason.

— Cette fille que tu penses protéger, elle n'est pas qui elle prétend être.

Pourquoi Hazel est-elle dans son bureau à mentir sur son identité ? Mason s'est-il rendu compte qu'il a été trompé ?

Je veux être raisonnable. Je suis toujours en train de vérifier les antécédents de Nikolaï et d'Hazel. L'information est impeccable pour les deux. Rien de plus qu'une amende pour stationnement gênant.

Les yeux de Mason brillent et les coins de ses lèvres se courbent vers le haut.

— Je le sais, mais comment le sais-tu ? demande-t-il.

Je m'affale dans mon fauteuil de bureau en peluche et le fais glisser pour faire face à Mason. — Assieds-toi.

Je fais un geste vers le siège vide dans mon bureau.

Il expire bruyamment par le nez et s'assoit.

— Qu'est-ce qui se passe, Jaxson ?

— J'ai reçu un appel tôt ce matin d'un nouveau client qui nous demande de l'aider à retrouver sa femme disparue.

— Femme disparue ? Dis-moi que tu ne l'as pas engagé.

Mason se penche en avant sur ses genoux, la tête dans ses mains.

— Tu as raté ce qui s'est passé avec ta petite amie hier matin ?

Ma mâchoire se contracte et mes mains se crispent sur le côté pour former des poings.

— Ce n'est pas ma petite amie, et non, j'étais occupé à vérifier les antécédents de Blue Sky Resort, encore une fois. Je suis surpris qu'ils nous aient engagés après la dernière fois, avec Ariella.

Accroupi, les coudes sur les genoux, il passe une main dans ses cheveux courts et coupés.

— S'il te plaît, dis-moi que nous n'avons pas pris la mafia russe comme client, dit Mason.

Mais de quoi parle-t-il ?

— Elle est avec la mafia russe ?

J'ai effectué des recherches préliminaires, et tout est sorti impeccable.

Ma spécialité est sur le terrain. Je ne suis pas un hacker. Je ne sais pas comment accéder à ce qui n'est pas facilement accessible. Declan est l'homme de la situation pour ça, et Ariella, j'ai le sentiment qu'elle peut probablement le suivre, avec son ancienne formation à la CIA.

Je n'aurais pas dû refuser l'offre d'Ariella ce matin-là. J'ai été stupide et complaisant.

— Elle n'est pas volontairement avec la mafia russe, dit Mason en se raclant la gorge. Le frère d'Hazel est le chef de la mafia à Chicago. Je suppose que tu sais déjà que c'est son vrai nom.

Nous n'avons pas de secrets l'un pour l'autre.

— Pourquoi tu ne m'as pas dit que tu avais accepté son appel à l'aide ?

Je n'aime pas la position dans laquelle cela met notre équipe ; engager les deux parties n'est pas conseillé. Nous ne sommes pas des médiateurs, et c'est à la mafia que nous avons affaire, pas à un divorce désordonné.

— Aiden et Declan sont déjà au courant, dit Mason.

Il tend ses mains, paumes vers le haut.

— Lincoln le sait aussi.

— Lincoln ?

Je me lève, la chaise grince en glissant derrière moi.

— Pourquoi suis-je le dernier à savoir ?

— Parce que tu as la tête dans le cul, Monroe. Tu t'es enterré dans ton bureau pour éviter le canon qui est de l'autre côté, dit Mason en désignant la porte. Si tu passais cinq minutes à ne pas être narcissique, alors tu aurais vu ce qui est juste sous ton nez.

Heureusement que Mason n'est pas mon employé et que nous sommes égaux, sinon je l'aurais viré et jeté par la porte d'entrée.

— Tu dépasses les bornes, Reid.

S'il veut m'appeler par mon nom de famille, on peut être deux à jouer à ce jeu.

On frappe doucement à la porte.

— Quoi ? crié-je avant de tirer sur la porte du bureau pour l'ouvrir.

Ariella se tient de l'autre côté, les yeux écarquillés tandis qu'elle détourne son regard de moi vers Mason.

— Ne tirez pas sur le messager, dit-elle. Mais le shérif est là pour ta déclaration, Mason.

— Ta déclaration ? C'est quoi ce bordel, Mason ?

Qu'est-ce que j'ai raté ?

Mason se lève et me passe sous le nez sans un mot de plus. Il conduit le shérif Nelson dans son bureau et ferme la porte derrière lui.

— Mais qu'est-ce qui se passe ? demandé-je.

Declan et Aiden ont disparu dans le couloir, et Ariella s'est enfoncée dans le siège de son bureau, essayant de paraître petite et invisible.

— Ariella ?

Je veux que quelqu'un me dise ce que j'ai manqué. On dirait qu'elle sait pour Hazel. Que sait-elle d'autre ?

— Oui ?

Sa voix grince quand elle rencontre mon regard.

— Mon bureau, maintenant

J'entre sans me retourner.

Je peux entendre ses doux pas qui caressent le sol.

Elle laisse la porte du bureau ouverte et espère probablement que Declan ou Aiden lui sauvera la mise.

— Que puis-je faire pour toi ? demande Ariella.

Elle se tient debout, les bras serrés contre ses côtés, les épaules affaissées.

— Assieds-toi.

— Tu me vires ?

— Quoi ?

Je ris sous cape devant l'absurdité de sa question.

— Ai-je une raison de te virer ?

A-t-elle fait quelque chose dont je ne suis pas encore au courant ?

Elle ne bouge pas de sa position sur le sol, à quelques mètres de là. Son corps est pratiquement une statue, à l'exception d'un léger tremblement.

— Je ne crois pas, balbutie-t-elle.

— Bien.

Je me pince l'arête du nez. Cinq secondes, et elle me donne mal à la tête. Peut-être que je lui reproche quelque chose qui n'est pas sa faute. Elle ne sait pas dans quel pétrin j'ai mis Tactique de l'Aigle en acceptant Franco comme client. Merde. Franco. Il a prévu de venir au bureau vers midi.

— J'ai besoin de ton aide.

Elle hoche la tête mais ne dit pas un mot.

— Dès que le shérif aura fini son entretien, j'ai besoin que tu emmènes Hazel à la station.

— Blue Sky Resort ? demande Ariella.

L'effroi traverse son visage. Elle a l'air malade.

— Tu peux le faire, n'est-ce pas ? J'ai besoin que tu loues une chambre. Personne n'y verra rien puisque personne ne sait que tu travailles pour nous.

C'est une solution facile pour le moment. Je dois emmener Hazel hors du bureau et dans un endroit sûr.

— Je... Ouais, je peux faire ça.

Elle roule ses lèvres serrées entre ses dents.

Je n'imagine pas qu'il sera facile pour elle de remettre les pieds dans la station qui l'a virée et où elle a été agressée. Le travail lui-même n'est pas facile.

— Je ne pense pas que Mason va vouloir la quitter, dit Ariella. Ils ont une sorte de connexion passée, une histoire ensemble.

— Ah oui ?

Elle en sait plus sur Hazel que moi.

— Que sais-tu d'autre ?

Elle semble se détendre sous mon regard. Ariella fait un pas de plus et viens s'asseoir sur la chaise que Mason a libérée quelques minutes auparavant.

— Hazel lui a demandé de l'aide, dit-elle. Peut-être que je devrais commencer par le début.

— Ce serait bien.

Je me perche sur le bord du bureau en bois et je l'écoute raconter comment elle a reçu un message sur son ordinateur portable et comment Mason a contacté le bureau du US Marshal, quelqu'un du nom de Colton, pour aider à l'extraire.

Je connais Colton. Nous avons servi dans l'armée ensemble.

— Reste ici, dis-je.

Je me dirige vers le couloir et le bureau d'Aiden pour trouver le coffre-fort caché dans le mur, dans le placard.

Aiden et Declan se taisent dès que j'entre dans leur bureau.

— Ne faites pas attention à moi, dis-je en fonçant vers le coffre.

— On peut t'aider à quelque chose ? demande Declan.

— Oui, j'ai besoin d'une carte de crédit pour Ariella afin qu'elle puisse prendre une chambre et s'enregistrer plus tôt à la station.

J'ouvre le coffre et je feuillette les documents qui sont disponibles.

— Et tu ne penses pas que la personne qui s'occupe de l'enregistrement va remarquer qu'elle utilise un faux nom ? sourit Declan. Tu essaies de la piéger pour qu'elle se fasse arrêter ?

Merde.

— Non.

L'hôtel exigera une carte de crédit pour les frais accessoires lors de l'enregistrement.

— Je vais réserver la chambre en ligne et lui demander de s'enregistrer et d'utiliser sa propre carte.

Aiden secoue sa tête.

— Tu deviens négligent.

C'est le manque de sommeil. Je ne fais pas mon meilleur travail après être resté debout toute la nuit.

— Je n'ai pas bien dormi la nuit dernière.

Declan et Aiden échangent un regard.

— Quoi ? grogné-je contre eux.

— Ta frustration sexuelle nous tue tous. S'il te plaît, rentre chez toi. Douche, sommeil, branlette, dit Declan.

J'étouffe un rire, gêné.

Je ne peux pas croire ce qu'ils suggèrent. Mon regard se dirige vers la porte ouverte et Ariella, qui est sortie dans le couloir.

Putain.

Je fais comme si elle n'avait pas entendu ce que Declan a dit parce que j'aurais préféré ne pas l'entendre moi-même.

Ses pas s'intensifient alors qu'elle frappe à la porte ouverte.

— Je croyais t'avoir dit de rester dans mon bureau ?

Je jette mes bras en l'air.

— Pourquoi personne ne m'écoute ici ?

Je passe devant Ariella en sortant du bureau de Declan.

Ariella ne bouge pas.

— Tu viens ? crié-je par-dessus mon épaule.

— Je suis obligée ?

Je l'entends marmonner dans son souffle. Mon téléphone portable sonne dans ma poche. Je grogne et lève un doigt pour lui dire d'attendre une seconde pendant que je vérifie l'identité de l'appelant. C'est Skylar.

C'est comme si elle savait quand j'étais occupé et qu'elle devait m'appeler pour m'importuner.

Et maintenant ? Je ne peux pas lui faire face. Je rejette son appel et prends une longue et lente inspiration pour me ressaisir.

Je me retourne pour crier à Ariella de se dépêcher quand je découvre qu'elle m'a déjà suivi, silencieuse et pratiquement invisible sur mes talons.

Je m'arrête brusquement en me retournant pour lui faire face, et elle faillit me rentrer dans la poitrine. Ses réflexes sont rapides et elle se rattrape avant que nous nous heurtions.

J'aurais presque souhaité qu'elle me rentre dedans. Ça m'aurait donné une excuse pour la toucher.

— Je vais payer ta chambre à l'avance sur internet. Si quelqu'un demande, y compris Emma, dis-lui que tu restes à la station jusqu'à ce que l'assurance de ta maison soit réglée, dis-je.

Elle doit être prête à répondre aux questions, surtout si elle retourne à Blue Sky Resort.

— Je m'en suis occupée.

Ne t'inquiète pas, dit-elle en me faisant un sourire rassurant. Elle tend la main et la pose sur mon bras.

— Tu vas bien ?

Sa voix est douce et sucrée, comme du miel.

Je veux la tirer contre moi, la toucher, la goûter, et laisser disparaître l'agonie qui remplit mon cœur.

— Juste fatigué, dis-je.

Son contact est doux mais ferme. Je m'éloigne. Nous ne pouvons pas faire cela ou être cela l'un pour l'autre.

Elle traine les pieds. Je ne l'ai pas vue bouger autant de la matinée.

— Je n'ai pas entendu Izzie la nuit dernière. Elle t'a empêché de dormir ? Je dois avoir dormi pendant tout ce temps.

— Ce n'était pas Izzie.

Je ne développe pas.

Comment pourrais-je ?

L'odeur de son parfum sur mon oreiller m'a tenu éveillé toute la nuit.

Elle penserait que je suis fou si je lui disais la vérité. Peut-être que je deviens lentement fou, ayant besoin de ma prochaine dose d'elle.

Je n'ai jamais ressenti de désir aussi fort que maintenant, une douleur profonde qui me ronge à chaque seconde où je ne peux pas la toucher ou être avec elle.

Nous n'avons partagé qu'une seule nuit ensemble.

C'était merveilleux, mais je dois me sortir ça de la tête. L'épuisement s'est emparé de moi et m'a rendu désespéré.

CHAPITRE NEUF

ARIELLA

Pourquoi Jaxson n'a-t-il pas pu dormir ? Si ce n'est pas Izzie, qu'est-ce qui l'a tenu éveillé toute la nuit ?

J'ai très bien dormi. La chambre d'amis n'était pas aussi confortable que la première nuit où je m'étais blottie sous ses draps et où il m'avait tenue dans ses bras, mais aucun de nous n'a parlé de cet incident. Il a été là pour s'occuper de moi, c'est tout.

— Je promets que je serai bientôt partie de chez toi, dis-je.

— Bien, dit-il, d'un ton bourru.

Il se frotte la mâchoire, incapable de répondre à mon regard.

— Est-ce que j'ai fait quelque chose qui t'a énervé ? Parce que si je me souviens bien, je devrais être en colère contre toi. Pas l'inverse.

Cela attire son attention. Son regard tombe sur mes yeux, puis sur mes lèvres.

Le chauffage s'est-il allumé ? La pièce est plus chaude de plusieurs degrés qu'elle ne l'était quelques minutes plus tôt.

Jaxson ne me répond pas. Il ne dit pas un mot. Il n'en a pas besoin. Ses sourcils se froncent, et ses yeux semblent fatigués.

— Je n'aurais rien dû dire, marmonné-je dans mon souffle.

Je viens probablement d'empirer les choses pour nous deux.

— Non, dit-il, la voix rauque.

Il attrape mon bras et me tire plus près, envahissant mon espace personnel.

Je lutte pour ne pas rencontrer son regard sévère qui m'étudie.

A quoi pense-t-il ? Je respire par à-coups.

Sa proximité est tout ce qu'il faut pour exacerber mes sens.

Un simple contact de sa main envoie une étincelle d'éclair dans mon corps, me réchauffant, créant une douleur de besoin que j'avais écrasée jusqu'au néant.

— Je veux que tu me parles, tache de rousseur.

L'entendre utiliser ce surnom me fait perdre la tête.

Je ne peux pas rester là devant lui et prétendre que tout va bien. Ça ne va pas bien.

Mon cœur souffre au-delà de toute mesure. Il est parti au milieu de la nuit après notre premier moment intime ensemble.

Il n'y a pas eu de mot, pas de discussion plus tard.

— J'étais juste une fille que tu voulais mettre dans ton lit ?

Je n'avais pas l'intention de poser la question de manière aussi dure.

Jaxson fait un pas en arrière comme si je l'avais giflé. Ses yeux s'élargissent, et il passe une main dans ses cheveux.

— Viens avec moi, ordonne-t-il.

— Tu es toujours aussi grincheux ?

Je m'emporte, irritée par le fait qu'à chaque seconde que je passe avec lui, il devient une personne différente. C'est comme ça qu'il est au travail ? Comment les autres le supporte-t-ils ?

Il fronce un sourcil, sans avoir l'air le moins du monde amusé par ma question.

— Ce n'est pas moi qui suis grincheux.

Il me prend la main, m'entraine dans son bureau et ferme la porte brusquement sur mes talons, ses mains lâchant les miennes.

J'essaye de ne pas sursauter, mais je ne suis pas très douée pour cacher mes émotions ou mes réactions, apparemment.

— Qu'est-ce que tu fais ?

Je ne me sens pas en danger ou menacée, mais Jaxson n'est pas non plus lui-même, du moins ce que je connais de lui.

— Nous devons parler.

Il me fait signe de m'approcher tandis qu'il se perche sur le bord de son bureau.

Je reste debout, les bras croisés, à le fixer. Je ne veux pas m'asseoir.

— Quoi que tu aies besoin de dire, dis-le.

Je suis fatiguée de ses pitreries. Jaxson était chaleureux, protecteur et gentil quand j'ai appris à le connaître, mais chaque minute où je suis en sa présence, j'ai l'impression de ne rien pouvoir faire de bien. Cela ne fait que quelques jours au travail, et peut-être que je dois nous laisser le temps de trouver une solution.

Il pousse un gros soupir et croise ses bras sur sa poitrine, reflétant ma position.

— Je pense que ce serait mieux si tu restais avec Hazel à la station. Je m'assurerai, lors de la réservation, de demander une chambre avec deux grands lits.

— Pardon ?

Je ne recule pas, je le défie.

— Tu m'as fait venir ici, tu as fermé la porte, pour me dire quoi, de partir de chez toi ?

Il n'est pas assez viril pour le faire devant ses potes ?

— Non. Ce n'est pas...

Il gémit quand son téléphone sonne.

Le nom de Skylar apparait sur l'écran.

— Putain.

Il rejette son appel.

On dirait qu'il ne fait pas que m'éviter. Son changement d'humeur est-il dû à la visite de Skylar ?

— Tu devrais prendre cet appel, ça pourrait être important.

— Ça ne l'est pas, dit Jaxson.

Je le regarde fixement, surprise qu'il n'ait pas saisi l'occasion pour mettre fin à la gêne entre nous.

— Tu penses que je suis un connard pour ne pas avoir répondu à Skylar.

Ce n'est pas ce qui m'a traversé l'esprit.

— Non. Tu es un con parce que tu ne m'as pas dit au revoir, que tu ne m'as pas envoyé de SMS ou que tu n'as pas laissé de mot après qu'on ait couché ensemble. Tu es un connard de patron grincheux au bureau et dernièrement à la maison. Si j'avais réalisé à quel point ma présence t'irritait, je n'aurais pas accepté le poste.

Je n'attends pas sa réponse. Je me précipite hors de son bureau au moment où le shérif local sort par la porte principale.

— Salut, Hazel, je suis Ariella, lui dis-je en lui tendant la main pour me présenter à elle. Je vais t'emmener dans un endroit sûr.

Hazel jette un regard de moi à Mason. Il lui fait un sourire chaleureux et un signe de tête.

— Je serai juste derrière toi dans mon camion. On doit juste s'assurer que personne ne sache qu'on est ensemble.

———————

Je ne suis pas retournée au Blue Sky Resort depuis l'attaque.

J'ai encore besoin de récupérer mon salaire pour la période où j'y ai travaillé, mais je ne veux pas remettre les pieds dans cet endroit.

Je me gare sur le parking.

Le bâtiment nous surplombe.

Mason est juste quelques minutes derrière. Il n'a pas l'intention de passer par l'entrée principale. Il entrera par l'arrière et prendra l'ascenseur jusqu'à notre étage.

Hazel n'a rien avec elle. Pas de sacs. Pas de vêtements. Elle porte le sweat-shirt ample de Mason, la capuche sur sa tête.

Elle garde le visage baissé, les mains dans les poches, et essaye de passer inaperçue.

Je peux le faire. C'est une mission facile. Tout ce que j'ai à faire, c'est de m'enregistrer dans le hall de l'hôtel, récupérer la carte magnétique et emmener Hazel dans la chambre, qui sera la nôtre.

Je ne lui ai pas annoncé que je partagerai la chambre avec elle indéfiniment.

— Tout va bien ? Tu vas être malade ? demande Hazel.

Emma se tient derrière le bureau d'inscription. Nous sommes amies, et même si je suis heureuse de la voir, je ne lui ai pas parlé depuis que j'ai été licenciée. Elle n'est pas au courant de l'agression et de l'enlèvement.

A-t-elle su pourquoi j'ai été licenciée, que j'avais un autre nom, ou que j'avais été employée par la C.I.A. ?

— Ariella, dit Emma, un sourire respectueux sur son visage.

La même expression joviale qu'elle donne à tous les clients de la station.

Hazel jette un coup d'œil d'Emma à moi. Je peux voir qu'elle a des questions, mais heureusement, elle ne les pose pas.

— J'ai une réservation, dis-je en sortant mon portefeuille de mon sac.

— A quel nom ? demande Emma.

Le sourire disparait de son visage ensoleillé.

Elle sait.

— Ariella Cole.

C'est mon nom légal et mon nom de jeune fille. Je l'avais changé après le divorce. J'étais auparavant Ariella Ryan, la femme de Benjamin Ryan. Il a été condamné pour détournement de fonds, blanchiment d'argent, et j'en passe. Et maintenant elle sait.

Emma se tient derrière son bureau. Ses doigts tapent sur le clavier tandis qu'elle fixe l'écran.

A-t-elle vu la réservation ? Essaye-t-elle juste de prendre son temps et de m'embêter ? Je pensais que nous étions amies, mais la froideur qu'elle me donne est ma réponse.

— Avez-vous une carte de crédit, Mme Cole ? demande Emma. J'en ai besoin d'une avec le nom Ariella Cole dessus.

Je lui donne ma carte de crédit.

— Bien sûr. Avez-vous besoin de voir ma carte d'identité gouvernementale aussi ?

Je lui montre mon permis de conduire, et je suis prête à le sortir de mon portefeuille derrière l'écran en plastique si elle veut le voir.

Elle tapote sur le clavier.

— Pas besoin.

Une minute plus tard, elle récupère deux clés de chambre, les passe au scanner et nous attribue une chambre d'hôtel.

— J'ai deux grands lits au troisième étage. Puis-je vous aider avec autre chose ?

Elle nous remet les cartes-clés et note notre numéro de chambre.

— Je suis sûre que vous trouverez le chemin de l'ascenseur.

— Merci.

Je force le trait, prends les cartes et m'éloigne du bureau d'enregistrement avec Hazel à mes côtés.

— Wow. Tu lui as volé son mec ? plaisante Hazel.

J'appuie sur le bouton de l'ascenseur pour monter.

— Quelque chose comme ça.

Je n'avais même pas envisagé qu'elle puisse être énervée à cause de l'histoire avec Jaxson.

Hazel n'a pas besoin de connaître mon passé. Mon travail est de m'occuper d'elle et de l'emmener à la chambre d'hôtel.

Mason va nous rejoindre d'un moment à l'autre.

Nous entrons dans l'ascenseur, juste toutes les deux. J'appuie sur le bouton du troisième étage et sur celui de la fermeture des portes à plusieurs reprises, tandis qu'un homme se précipite vers l'ascenseur.

Je ne veux pas être coincée avec lui, juste au cas où il en aurait après Hazel.

Les portes claquent et l'ascenseur monte au troisième étage. Je pousse un soupir de soulagement. Je suis probablement en train de me faire des films. C'est sûrement juste un invité de la station.

Hazel reste silencieuse, et je suis la première à sortir de l'ascenseur lorsque les portes s'ouvrent. Mason est déjà dans le couloir et se tient devant la chambre qui nous a été attribuée.

Ils ont travaillé à la vitesse de l'éclair. Declan a dû lui fournir le numéro de la chambre en piratant le système de l'hôtel.

J'ouvre la porte avec la clé de la chambre, et Mason entre en premier, allume la lumière, et vérifie la salle de bain et le placard.

— Tu es sûr que c'est sans danger ? demande-t-elle, jetant un regard effrayant dans la pièce en suivant Mason à l'intérieur.

Je ferme la porte derrière moi et la verrouille.

— Oui. Garde les rideaux fermés. Tu auras toujours quelqu'un avec toi.

Mason s'assoit sur une chaise dans le coin de la pièce qui fait face à la porte, dos au mur.

— Je vais passer la nuit ici, dis-je. Jaxson ne m'a pas invitée à rester avec lui.

Je suis pratiquement sans abri. Sans assurance sur ma maison et avec l'incendie qui a détruit la propriété, je n'ai plus rien.

— Wow, dit Mason.

Il passe une main dans ses cheveux courts et coupés.

— Tu sais pourquoi il se comporte comme un con ces derniers temps, n'est-ce pas ?

Je ne réponds pas à sa question. Je ne suis pas sûre. Je suppose que ça a un rapport avec moi et qu'il regrette que Tactique de l'Aigle m'ait engagé.

— Jaxson est sexuellement frustré. Je vois la façon dont il te regarde, dit Mason.

— Comme s'il voulait me tuer ? plaisanté-je.

— Le type a besoin de s'envoyer en l'air. Il te regarde comme si tu étais le prix qu'il voulait à la foire.

C'est absurde.

— Ça ne peut pas être ça.

Je ne veux pas croire qu'il m'ait traitée comme de la merde et qu'il m'ait virée de chez lui parce qu'il veut coucher avec moi.

— Oh mon dieu ! Je suis une idiote. Jaxson est probablement contrarié de ne pas pouvoir amener une autre femme chez lui parce que je suis dans une chambre et sa sœur dans une autre.

— Je suis presque sûr qu'il ne veut personne d'autre, dit Mason.

C'est vrai ?

— Je ne sais pas, Mason. Tu ne l'as pas vu ce matin au bureau ou quand on était chez lui. Il peut à peine me regarder.

— J'aurais le même problème si je vivais sous le même toit que la femme que j'aime et que je ne peux pas avoir, dit Mason.

Son regard se détourne de moi pour se fixer sur Hazel.

Je peux sentir la tension sexuelle qui se développe entre eux par un simple regard. Je me racle la gorge et je recule vers la porte.

— Je dois aller au magasin et prendre quelques affaires pour Hazel. Elle va avoir besoin de vêtements, de produits de toilette, quelque chose d'autre ? demandé-je.

— Prends-lui de la teinture pour les cheveux et des ciseaux à ongles, dit Mason. Nous ne pouvons pas prendre le risque qu'elle soit facilement repérée par Franco ou ses acolytes. Ariella, je veux que tu saches que tu peux rester dans le lit d'appoint. L'un d'entre nous sera ici pour veiller sur Hazel, la protéger, mais tu n'es pas obligée de retourner chez Jaxson si tu ne te sens pas à l'aise.

— Merci.

Je ne suis pas sûre de ce que je vais faire, mais avoir la possibilité de rester à l'hôtel me soulage plus que je ne le pensais. J'ai besoin de récupérer mes vêtements, les quelques affaires que j'ai achetées après avoir emménagé avec Jaxson.

— As-tu besoin d'autre chose ? demandé-je à Hazel.

— Du chocolat et peut-être une boîte de préservatifs.

Elle sourit, jetant un regard à Mason.

Mason gémit.

— Tu vas rendre mon travail difficile. Je le sens.

— Tu n'as encore rien vu.

Hazel fait un clin d'œil à Mason.

Je prends ça comme une indication pour partir.

CHAPITRE DIX

Hazel

— Elle a l'air sympa, dis-je dès que la porte de la chambre d'hôtel se referme.

Mason sécurise le verrou avant de se rasseoir sur la chaise.

— Ariella ? Oui, nous ne travaillons pas ensemble depuis longtemps, dit Mason.

Il ne donne pas de détails.

Ok. Parler d'Ariella n'était peut-être pas la meilleure façon d'entamer la conversation.

J'éteins la télévision. Cela fait des années que nous ne nous sommes pas vus. Je ne veux pas regarder la télé ou faire semblant que ce que nous faisons est normal.

Je veux rattraper le temps perdu avec Mason, découvrir ses moindres défauts et voir à quel point il a changé depuis le lycée, lorsque nous étions pratiquement des enfants et inséparables.

— Tu m'as manqué, dis-je en me levant du lit.

J'enlève mes chaussures et je traverse la pièce en marchant vers lui.

— Difficile à dire puisque tu ne m'as jamais appelé.

Sa voix est rauque, son expression dure. Il y a tant de choses qu'il ne sait pas, et je ne sais pas comment le lui dire.

— Toi non plus.

Nous sommes tous les deux fautifs d'avoir laissé nos vies prendre des chemins séparés.

Il est parti à l'armée, et j'étais censée aller à l'université en Californie. J'avais promis de lui écrire et il a le droit d'être en colère. J'ai rompu cette promesse.

— Je te demanderais bien comment ça va, mais je vois que ce n'est pas une histoire qui se termine bien, dit Mason.

— Ça aurait pu, dis-je.

Je m'élève au-dessus de lui et je l'enjambe avant de m'asseoir sur ses genoux, face à lui.

Je veux faire un saut dans le temps, qu'il m'emmène avec lui, loin de Chicago. Il est trop tard pour changer le passé, mais je veux oublier le temps passé loin l'un de l'autre.

— Dis-moi que tu n'as pas de petite amie ou que tu es marié.

J'attrape sa main gauche, ramenant ses doigts vers mon visage.

Mes doigts s'accrochent à son annulaire vide. Il semble être célibataire, et j'en suis ravie.

— Hazel.

Son ton m'avertit d'arrêter.

Je n'écoute pas. Je n'écoute jamais.

Je roule mes hanches, le taquinant, lui offrant pratiquement une danse sexy. Avec mes doigts dans ses cheveux, je me penche en avant, poussant mes seins contre sa poitrine.

Je le veux plus que quiconque dans ma vie. Je l'aime depuis que nous avons quatorze ans. C'est lui qui s'est enfui.

— Promets-moi que tu me protégeras.

J'ai besoin de lui comme j'ai besoin d'air pour respirer. Il n'a aucune idée de ce que j'ai fait pour survivre.

Son front se pose contre le mien. Sa paume chaude et forte se pose dans le bas de mon dos.

— Tu as ma parole. Je ne laisserai rien t'arriver, dit Mason.

J'emmêle mes doigts dans ses cheveux.

Ses yeux se ferment.

Mon souffle caresse ses lèvres. J'ai envie de l'embrasser. J'ai besoin de me sentir vivante comme j'ai besoin de cette connexion avec lui.

Il est ma chance de me libérer de Franco, d'avoir une vie normale, et non pas d'être forcée d'épouser un homme que je ne connais pas et d'être expédiée sur un autre continent.

— Je te veux, Mason.

Mes lèvres s'écrasent sur les siennes, sans attendre qu'il m'arrête ou me dise que c'est une mauvaise idée.

Je me moque du fait que nous ayons à peine parlé ou repris contact. Pour l'instant, à ce moment précis, j'ai besoin de me sentir en sécurité. Mason est mon filet de sécurité. Il me rattrapera si je tombe.

Sa bouche s'ouvre pour répondre au baiser, sa main me serre plus fort contre son corps. Des mains chaudes et fortes se glissent sous mon épais sweat-shirt. Son contact doux effleure ma peau nue.

Je frissonne quand il caresse mon dos, le besoin l'emportant sur tout le reste.

— Tu es sûre que c'est ce que tu veux ? demande Mason entre deux baisers fébriles.

— Oui.

Je plonge mon regard dans le sien.

Il me soulève dans ses bras, me porte jusqu'au lit et m'allonge. Il rampe sur le matelas, se met à cheval sur moi et plane au-dessus de mon corps. En hâte, je tire sur sa chemise, la remontant et la faisant passer par-dessus sa tête.

Mason se penche et me murmure à l'oreille :

— Tu réalises que je pourrais me faire virer en faisant ça avec une cliente ?

Le regardant fixement, j'enroule mes jambes autour de lui, le tirant vers le bas, ayant besoin de sentir son poids m'écraser, me protéger, et me rendre entière - un besoin qui l'emporte sur tout le reste. Je n'ai pas d'autre réponse que celle de le vouloir.

Est-ce que c'est suffisant ? Mes doigts tâtonnent sur le bouton de son jean, et mes mains tremblent alors que je lutte pour défaire le métal.

— Hazel ?

Ses doigts tiennent les miens dans ses mains. Il s'assoit sur mes hanches, me chevauchant, avant de coincer mes bras sur les côtés.

— J'ai juste... j'ai besoin de toi, Mason.

J'ai l'air désespérée. Il va probablement appeler un de ses potes pour prendre le relais et ne voudra plus jamais me revoir.

— On devrait peut-être ralentir.

Il se retire et quitte mon corps.

Je gémis avant de réaliser le son qui s'échappe de ma gorge. C'est l'effet qu'il me fait. Il me fait ressentir des choses que je croyais impossibles.

Je ne veux pas ralentir ou m'arrêter. Respirant difficilement, haletant, je m'allonge en regardant le plafond.

Mason grimpe sur le matelas, fixant le bouton de son jean que j'avais réussi à détacher mais pas à dézipper. Il attrape sa chemise sur le lit et remet son haut.

Mason s'éclaircit la gorge.

— Ariella va bientôt revenir, et nous ne pouvons pas être pris dans une position compromettante.

C'est ça sa préoccupation ? Que nous soyons surpris par ses collègues ?

Je me lève et me précipite vers la salle de bains, claquant la porte sur mon talon. Je glisse le long de la porte, mon dos contre le bois froid, assise sur le sol, les genoux remontés contre ma poitrine.

Le regret remplit mon cœur. J'ai été stupide de penser que nous pourrions reprendre là où nous nous étions arrêtés.

Le temps semble s'écouler comme le sable dans un sablier, un grain à la fois.

Sans mon téléphone à portée de main ou une horloge à proximité, je ne sais pas combien de temps je passe sur le sol.

Un coup ferme vibre à travers la porte en bois.

— Ça va là-dedans ? demande Mason.

— Bien.

Ça ira une fois que tout cela sera terminé et que Franco me laissera tranquille. Je ne sais pas comment cela sera possible, à moins qu'on me mette sous la protection des témoins ou qu'on me donne une nouvelle identité - le genre d'arrangements qu'on fait dans les films pour les victimes innocentes.

Je ne suis pas innocente.

Mes mains sont couvertes de sang, comme celles de Nikolaï.

CHAPITRE ONZE

MASON

Je n'ai jamais rencontré quelqu'un de plus déroutant dans ma vie.

Hazel a volé mon cœur et ma virginité au lycée. Nous avons été les premiers l'un pour l'autre et avons juré de s'aimer pour toujours.

Ce n'était qu'un fantasme, une promesse vide qu'aucun de nous n'a tenue après le bac.

Je me suis engagé dans l'armée. Hazel a traversé le pays pour aller à l'université, quelque part dans l'ouest.

Quand ou pourquoi elle est revenue à Chicago, je n'en suis pas certain. En fait, je ne sais même pas avec une certitude absolue qu'elle a quitté Chicago comme elle l'avait prévu.

Ce serait mentir que de dire que je n'ai jamais pensé à elle. Je me suis surpris à comparer d'autres femmes à elle constamment. Elle a été celle qui s'est enfuie, la femme que j'ai aimée et laissée s'échapper.

Je ne l'ai pas poursuivie. Peut-être que j'aurais dû.

Avec le temps, j'ai supposé que nous nous étions éloignés. Nous étions deux personnes différentes par rapport à l'époque où nous nous connaissions au pensionnat.

Elle avait ce regard de prédatrice dans les yeux quand Ariella nous a laissées seuls tous les deux.

Je n'ai rien pensé de tout ça au début. Je pensais qu'elle regarderait la télévision, et que je m'assurerais que Franco ne découvre pas où elle loge.

Je n'avais pas envie de m'arrêter, avec son petit corps serré sous mes hanches.

Je pourrais passer des heures à mémoriser chaque courbe et à goûter chaque centimètre de sa peau. Je veux la découvrir à nouveau, voir si elle est exactement comme dans mes souvenirs.

Nous ne pouvons pas laisser le désir interférer et risquer sa vie. Je dois être vigilant, garder un œil sur la pièce ou sur tout ce qui se passe de suspect à proximité. C'est difficile de le faire quand mes lèvres sont collées aux siennes.

Ses lèvres douces envoient encore des picotements dans tout mon corps.

J'ai besoin d'une douche froide, mais c'est hors de question.

Elle s'est enfermée dans la salle de bain pendant presque une heure.

Ariella va revenir du magasin d'une minute à l'autre.

Est-ce que Hazel attend qu'Ariella revienne pour ne pas avoir à être seule avec moi et à me faire face après ce qui s'est passé ?

Je m'approche de la porte de la salle de bain, ma main perchée sur le bois. Je donne un léger coup.

— Ça va là-dedans ?

Je ne m'attends pas à ce qu'elle ait un problème avec Franco ou qu'elle ait besoin de moi pour quelque chose qu'elle ne peut pas gérer seule dans la salle de bain. J'essaye juste de lancer une conversation de base, un moyen de la faire sortir de sa cachette.

— Bien.

Toutes les femmes qui m'ont dit qu'elles allaient bien n'allaient jamais bien. J'ai appris à plusieurs reprises que « bien » est un mot de code pour « laisse-moi tranquille » ou « c'est ta faute ».

Je ne sais pas trop en quoi c'est ma faute, sinon que j'ai empêché que l'on aille plus loin. Même si nous sommes deux adultes consentants, je ne pense pas non plus qu'il aurait été sage qu'Ariella nous surprenne en train de transpirer dans les draps.

Je ne suis pas du genre à embrasser et m'en venter, et encore moins à laisser la nouvelle fille du bureau être témoin de mes envies.

Je lève la main pour frapper à nouveau, mais cela semble contre-productif. Si elle veut sortir de la salle de bain, elle peut me rejoindre.

Je laisse ma main tomber sur le côté et sors mon téléphone portable, jetant un bref coup d'œil aux messages avant de le poser sur la table. Il n'y a rien d'opportun ou d'important.

Je m'affale sur la chaise, mon attention se portant sur la porte en attendant le retour d'Ariella.

Hazel sortira sans doute de la salle de bain quand Ariella reviendra. Pas vrai ?

———

Vingt minutes plus tard, Ariella arrive avec plusieurs sacs de vêtements et d'articles de toilette pour Hazel.

Hazel ne me regarde pas pendant que les deux femmes, assises sur le lit, examinent le contenu des sacs.

Je m'assieds dans un coin de la pièce, les observant toutes les deux. C'est presque comme si je n'existais pas.

Ariella lève les yeux vers moi et me fait un sourire avant de reporter son attention sur Hazel.

Au moins, je ne suis pas invisible.

— Tu veux que je te coupe les cheveux et que je les colore ensuite ? demande Ariella.

Hazel a l'air désemparé, les yeux écarquillés et la peau pâle.

— Je savais que je devrais le faire. Mais je ne suis pas encore prête.

— Je te promets que je vais t'arranger les cheveux et que personne ne te reconnaîtra. On peut couper plusieurs centimètres, et avec un super blond, personne n'imaginera que c'est toi, dit Ariella.

— Je l'espère.

— Viens avec moi.

Ariella apporte les ciseaux dans la salle de bain.

Hazel reste bloquée un long moment, son attention fixée sur le sol. Elle ne veut même pas me regarder.

Quand tout sera terminé et qu'Hazel sera en sécurité, il faudra qu'on ait une longue discussion tous les deux.

— Tu viens ? demande Ariella.

Hazel se dirige vers la salle de bain et ferme brusquement la porte. Je peux entendre des bavardages, puis le ventilateur de la salle de bain se met en marche, probablement pour noyer toute discussion sur moi.

Ariella a-t-elle remarqué le changement d'humeur d'Hazel ? J'ai essayé de ne pas montrer que les choses avaient changé au cours de la dernière heure, pendant qu'elle était absente.

L'alarme incendie émet son cri strident et une lumière blanche clignote dans la chambre d'hôtel. Je sors mon arme, me préparant à ce qui va se passer.

Me dirigeant vers la salle de bains et la sortie de la chambre, je frappe fermement à la porte.

— Nous l'entendons, dit Ariella.

Elle ouvre la porte de la salle de bain. Il ne semble pas qu'elle ait commencé à couper les cheveux d'Hazel. Du moins, je ne remarque pas de différence reconnaissable.

— Remets ta capuche, ordonné-je.

Avec mon arme dégainée, j'attrape la poignée de la porte et je sors prudemment dans le couloir.

La fumée le remplit.

— Restez à proximité.

J'ouvre la voie avec Ariella à l'arrière et Hazel prise en sandwich entre nous.

Mes yeux brûlent à cause de la fumée, et je retiens ma respiration.

Des quintes de toux éclatent derrière. Je ne peux pas me retourner pour voir si c'est Hazel ou Ariella qui lutte pour respirer.

— Continuez à avancer. On est presque à la sortie.

J'ai étudié la sortie de notre chambre d'hôtel. Nous devons passer trois portes avant d'atteindre la porte de la cage d'escalier.

À travers la fumée aveuglante, mes yeux brûlent et pleurent.

Je cherche la porte, je l'ouvre et je suis soulagé que la cage d'escalier soit sans fumée.

— Venez ! crié-je à Ariella et Hazel.

Elles sont juste sur mes talons, toutes les deux se dépêchant de descendre les escaliers avec moi.

Les projecteurs de l'escalier émettent une faible lueur halogène. Les ampoules clignotent, crachant suffisamment de lumière pour éclairer le chemin.

Je sécurise mon arme, ne voulant pas alarmer les clients qui sortent de chaque étage, la cage d'escalier devenant de plus en plus bondée alors que je garde Hazel derrière Ariella et moi serrée dans son dos.

Mes bottes piétinent les marches, et lorsque j'arrive au premier étage et que je suis le flot de personnes sortant de la cage d'escalier, mon instinct prend le dessus.

Des hommes avec des masques de ski noirs et des fusils semi-automatiques retiennent des otages dans le hall.

— Éteignez cette satanée alarme ! crie l'homme le plus proche de moi.

Il agite le canon sans but, menaçant tout le monde sauf ses acolytes qui ont pris le contrôle de l'hôtel.

— A terre ! nous crie un autre homme masqué, son arme braquée sur les clients qui descendent la cage d'escalier. A terre, maintenant !

Je fais signe à Hazel et Ariella de descendre.

— Pas de signaux secrets.

L'homme masqué écrase le canon de l'arme contre ma tête, me faisant tomber sur le cul.

Du sang coule sur mon front. L'entaille me brûle, mais pas plus que ma fierté.

Il me fouille pour trouver mon arme, son semi-automatique pointé sur ma tête. Il la fourre dans son pantalon noir foncé.

— Tactique de l'Aigle, hein ? Tu viens avec nous.

CHAPITRE DOUZE

ARIELLA

La fumée du troisième étage est une diversion pour faire sortir tout le monde de leurs chambres et les faire descendre.

Qui sont les hommes armés, et pourquoi emmènent-ils Mason avec eux ?

— Ça va aller, dit-il, en nous regardant par-dessus son épaule.

Du rouge coule sur le sol en linoléum, tachant le couloir.

Mason est emmené hors du hall.

Je ne peux pas voir où ils l'emmènent. Ses mains sont levées en l'air, en signe de reddition. Son arme a été confisquée.

A-t-il une arme de secours ?

Les yeux d'Hazel brillent.

Nous sommes allongés sur le sol près de la cage d'escalier, les mains sur la tête. Avec ma tête tournée, je fais face à Hazel, essayant de lui faire comprendre que tout ira bien.

Les hommes masqués, huit d'entre eux que j'ai comptés lorsque nous avons été forcés à nous coucher sur le sol, nous fouillent pendant que nous sommes allongés, volant les téléphones, les clés, tout ce qui peut être utilisé comme arme ou pour appeler à l'aide.

L'alarme incendie s'arrête.

Quelqu'un l'avait déclenché.

Les pompiers ont dû répondre à l'appel et prévenir la police lorsqu'ils ont vu ce à quoi ils étaient confrontés.

D'épaisses chaînes métalliques verrouillent les portes de l'intérieur. Nous ne pouvons pas partir, pas sans que quelqu'un nous escorte hors du bâtiment.

Ma respiration se bloque, et une vague de nausée parcoure mon corps. Je dois maîtriser mes émotions et apaiser la peur qui coule dans mes veines.

Je ferme les yeux et compte jusqu'à dix. Je pratique mes exercices respiratoires de biofeedback pour calmer mon rythme cardiaque, ce qui m'aidera aussi à calmer mes nerfs. J'imagine un néant noir avec une seule vague. À chaque respiration, je suis la vague et inspire lentement, la retenant, puis expirant à la même vitesse.

Le tremblement de ma main est minime, mais l'exercice empêche mon corps entier de trembler.

— Tout le monde, contre le mur ! nous ordonne l'homme masqué. Lentement ! Pas de mouvements brusques ou nous vous tirerons dessus.

Il pointe l'arme vers le plafond et tire une salve de balles, installant la peur, nous rappelant qu'ils sont en charge et qu'il faut faire ce qu'on nous demande.

Hazel et moi nous redressons et reculons contre le mur.

Où ont-ils emmené Mason ?

C'est clair, ils le connaissent. Ce qui signifie qu'ils doivent être du coin, non ?

Savaient-ils que Mason séjournait à l'hôtel ? Il ne s'est pas enregistré, donc quelqu'un a dû le voir ou voir son véhicule dehors.

A moins que ça n'ait rien à voir avec Mason, et qu'ils veuillent juste l'éliminer de l'équation.

Ce n'est pas un secret qu'il est un ancien des forces spéciales et qu'il risque sa vie pour protéger les autres.

Sans lui, quelle chance avons-nous de nous en sortir vivants ?

Des huit hommes masqués que j'ai remarqués plus tôt, il n'y en a plus que six. Où sont passés les deux autres ? L'un d'eux a emmené Mason hors de la pièce. Ai-je mal compté ?

Hazel attrape ma main. Je la serre, pour la rassurer et lui dire que tout ira bien. Sa prise se resserre contre ma paume. Je la regarde, elle est figée par la peur, les yeux fixés sur deux hommes en costume sur le sol, pris en otage avec nous.

— Eux, chuchote-t-elle pour que je sois la seule à l'entendre.

— Tu les connais ?

— C'est Franco.

Elle suspend sa tête, laissant le sweat à capuche tomber sur ses yeux.

Les hommes l'ont-ils reconnue ? Je ne veux pas qu'il soit évident que je les ai repérés.

Avec désinvolture, je jette un coup d'œil à tout le monde dans la pièce, notant mentalement le nombre d'otages, combien sont des enfants, si quelqu'un est blessé, puis je laisse mon regard étudier les hommes qui veulent Hazel.

Ils discutent entre eux, le dos appuyé contre le mur. Ils sont géants, les cheveux noirs, et des muscles bien développés se dessinant sous leurs costumes sombres.

Ils sont trop éloignés pour que j'entende ce qu'ils se disent. C'est peut-être une bonne chose s'ils n'ont pas remarqué Hazel blottie contre moi.

Je suis sa dernière chance de protection.

Je n'ai pas d'arme, et des hommes masqués et armés surveillent tous nos mouvements.

Comment allons-nous nous en sortir vivantes ?

CHAPITRE TREIZE

MASON

L'obscurité entoure ma vision.

L'homme qui m'a traîné hors de l'hôtel et à l'arrière d'une camionnette sombre m'enfonce une capuche sur la tête et attache mes bras dans le dos avec des liens à fermeture éclair.

Il ne dit rien.

A-t-il peur que je reconnaisse sa voix s'il parle à nouveau ?

Il sait pour qui je travaille, ce qui signifie qu'il me connait.

La porte se referme. J'écoute et attends qu'une autre porte claque. Cela ne se produit pas. Le moteur ne se met pas à vrombir non plus.

Un clic de l'autre côté du parking. Une porte qui se ferme ? L'agresseur est-il rentré dans le bâtiment ?

Je suis seul dans la camionnette blanche banalisée qui est garée près de la sortie latérale de la station. J'ai besoin d'enlever les liens de mes poignets, et ensuite je m'occuperai des bâtards qui ont pris le contrôle de Blue Sky Resort.

Qu'est-ce qu'ils cherchent ? De l'argent ? L'hôtel n'a probablement pas beaucoup d'argent liquide, car pour réserver une chambre d'hôtel, il faut toujours utiliser une carte de crédit, mais il est possible que de l'argent liquide soit échangé contre du matériel de location de ski et de snowboard.

J'ai vu huit hommes masqués, tous en vêtements sombres et pantalons noirs, avec des chaussures noires assorties.

Ils ne veulent pas qu'on les reconnaisse, mais ils me connaissent. Ce qui veut dire que je les connais. Qui qu'ils soient, ce sont des amateurs.

Je me penche en avant et j'utilise mon corps pour créer le plus d'espace possible. Je me suis entraînée pour ça, et même si j'aurais pu le faire à l'hôtel, j'étais en infériorité numérique.

Je fais claquer mes bras, brisant les liens de la fermeture éclair.

J'arrache la capuche de ma tête et la jette sur le sol avant d'ouvrir la porte du camion et d'en sortir. C'est trop facile.

Les sirènes hurlent au loin, se rapprochant.

Un camion de pompiers et une voiture de police s'arrêtent sur le parking.

Une ambulance suit au loin.

Le shérif s'arrête devant le bâtiment et sort, ses phares restants allumés mais la sirène silencieuse.

— Je ne m'attendais pas à te voir deux fois dans la même journée, Reid. Peux-tu me dire ce qui se passe ? L'alarme incendie s'est déclenchée, mais il n'y a personne dehors.

Même lui a vu l'énorme drapeau rouge.

— Prise d'otages, huit délinquants avec des semi-automatiques. Ils se terrent dans le hall avec des otages.

Je cherche mon téléphone dans ma poche pour découvrir qu'il n'y est pas. Je l'ai laissé sur la table à l'étage.

Merde.

J'ai besoin de contacter l'équipe.

— Vous ont-ils dit ce qu'ils voulaient ? Des demandes ? demande le shérif Nelson.

— Rien. Ils savaient que j'étais avec Tactique de l'Aigle. L'un d'eux m'a assommé avec son arme, a volé la mienne, et m'a trainé dehors. Il m'a jeté à l'arrière du van. Heureusement pour moi, il n'avait que des attaches zip et pas de menottes.

— Des locaux. As-tu reconnu une de leurs voix ?

— Non.

J'aimerais être d'une plus grande aide.

— As-tu des gars à l'intérieur ?

— Deux, mais ce ne sont pas mes frères. La nouvelle fille que nous avons engagée et une cliente. Aucune n'a un entraînement de forces spéciales comme mes gars.

Je veux qu'il soit clair qu'elles ne sont pas en mesure d'arrêter ce qui se passe à l'intérieur.

Le shérif Nelson appelle des renforts, puis contacte Tactique de l'Aigle pour leur expertise.

C'est pour cela que nous sommes entraînés, et même si nous ne sommes pas toujours ceux qui chargent vers le danger, avec nos années d'expérience combinées, nous sommes toujours disponibles pour des consultations sur le terrain.

Emma sort par la porte latérale, un paquet de cigarettes à la main.

— Arrêtez-vous là ! Les mains en l'air ! hurle le shérif Nelson dans le haut-parleur de sa voiture de police.

Elle laisse tomber son briquet et son paquet de cigarettes sur le sol. Les yeux écarquillés, elle lève les mains, recule d'un pas lent, tend la main vers la porte et se jette à l'intérieur du bâtiment.

La porte se referme derrière elle.

— Appelle Declan, dis-je. Dis-lui de chercher tout ce qu'il peut sur Emma Foster.

— Attends, tu la connais ? demande le shérif. C'est ta cliente ? Celle qui est à l'intérieur avec votre nouvelle employée ?

— Non. Emma a récemment déménagé à Breckenridge. Nous avons vérifié son passé quand elle a été embauchée par la station dans le cadre de leur pratique d'embauche. Ça n'a rien donné.

Pourquoi est-elle revenue à Breckenridge ? Il est clair qu'elle aide les hommes qui ont pris le contrôle du bâtiment. Et le fait qu'elle traine avec les hors réseau et vive avec eux la mêle clairement à tout cela. Qu'est-ce qu'ils cherchent ?

Le shérif Nelson me passe son téléphone portable. J'appelle Declan au bureau, je lui transmets l'information sur Emma. Alors que je raccroche le téléphone, Jaxson et Aiden s'arrêtent sur le parking.

— On dirait que le reste de ton équipe est là, dit le shérif.

Aiden sort du camion et me regarde.

— Comment va ta tête ? As-tu besoin d'être examiné par les ambulanciers ?

— Ma tête va bien.

Depuis quand a-t-il pris le rôle de Jaxson d'être le parent de l'équipe ? Je m'y attendais de la part de Jaxson, surtout depuis qu'il est père.

— Mon ego est un peu meurtri, c'est tout.

Me faire traîner le cul dehors devant toute la ville n'a pas aidé notre image à Tactique de l'Aigle. J'aurais dû lutter plus fort et assommer ce gars.

— Je suis sûr que tu vas te remettre. Hazel et Ariella sont à l'intérieur ?

— Malheureusement. Où est Jaxson ?

— Il sera là dans une minute. Il est au téléphone avec le frère de notre cliente. Il demande des informations puisqu'il n'arrive pas à joindre Franco.

Ma tête tourne.

— Quoi ? Il essaye de nous engager aussi maintenant ? Quelles étaient les probabilités ? Ce n'est pas comme si nous étions situés à Chicago et qu'ils avaient tous les deux cherché une société de sécurité privée.

— Non. Franco a donné nos coordonnées à Nikolaï au cas où il ne donnerait plus de nouvelles, dit Aiden. Une chance que ces gars soient ceux du restaurant de ce matin ?

— Les deux hommes morts étaient Alexander Petrov et Miko Romanoff, dis-je.

Jaxson claque la porte du camion et s'approche de nous, furieux.

Sa mauvaise humeur est-elle due au coup de téléphone ou au fait qu'il ait été sexuellement frustré ces derniers jours en travaillant avec Ariella ? Je jette un coup d'œil à Declan. Il l'a vu aussi, n'est-ce pas ?

Declan fait un léger signe de tête puis se frotte la mâchoire en jetant un coup d'œil à la station.

— Combien d'hommes armés as-tu vu ? demande-t-il.

— Ils étaient huit dans le hall, armés d'armes semi-automatiques et portant des masques de ski. Je n'ai pas vu de gilets pare-balles, ce qui est une bonne nouvelle pour nous.

Un autre officier apporte un plan du bâtiment et l'étale sur le capot de la voiture de police.

Je montre la sortie par laquelle Emma est entrée et sortie facilement.

— Cela semble être le seul point d'entrée qui n'est pas verrouillé.

J'ai remarqué des chaînes métalliques sur les portes avant d'être frappé par un pistolet. J'ai essayé de prendre autant de détails que possible. J'étais les seuls yeux de l'équipe à ce moment.

— Le SWAT est en route. J'aimerais que Tactique de l'Aigle les assiste, dit le shérif. Mais nous sommes en charge de l'opération.

— Bien sûr, dis-je. Nous ne voudrions pas qu'il en soit autrement.

Nous savons comment la procédure fonctionne sur ce type d'affaires. Il y a souvent de la paperasserie, et ils ne peuvent pas simplement passer les rênes pour que nous prenions les commandes.

— Où sont Ariella et Hazel ? demande Jaxson.

J'avale la boule dans ma gorge. N'ont-ils pas reçu la nouvelle du shérif ?

— Elles sont à l'intérieur de la station.

J'affronte son regard glacial, sans vouloir me cacher.

Son regard se resserre.

— J'ai remarqué. Où se trouvaient-elles pour la dernière fois dans le bâtiment ?

Je pointe sur la carte l'endroit où nous étions. A présent, il est probable qu'elles aient été déplacées ailleurs.

— Ici.

— Combien d'otages étaient à l'intérieur ? demande le shérif.

Je n'ai pas été capable de compter assez vite le nombre total. Je peux donner une estimation approximative.

— Cinquante otages, peut-être soixante-cinq.

Il n'y a pas eu beaucoup de gens qui ont filtré par les escaliers pendant que je me faisais frapper la tête par le canon d'un pistolet.

— Nous allons commencer par des négociations et voir ce qu'ils veulent, dit Jaxson.

— Il y a quelque chose que tu devrais savoir, Jaxson.

Il jette un coup d'œil de la carte du bâtiment vers moi.

— Nous pensons qu'Emma pourrait être impliquée dans la prise d'otages. Elle est sortie pour fumer.

— Je ne comprends pas. Pourquoi ne pas fumer à l'intérieur du bâtiment si elle est impliquée ?

Les sourcils de Jaxson se froncent, sa mâchoire est serrée.

Je n'ai pas de réponse ou d'explication pour lui, du moins pas encore. Peut-être que j'ai tort. Peut-être qu'elle a entendu l'alarme incendie, qu'elle s'est enfermée dans les toilettes et qu'elle est sortie pour fumer une cigarette. Mais pour quelle autre raison aurait-elle fui à l'intérieur du bâtiment au premier signe des autorités ?

Elle doit cacher quelque chose.

Declan croise ses bras sur sa poitrine.

— Est-ce qu'elle sortait pour voir si quelqu'un allait venir intervenir ? Je ne connais pas Emma, mais ça ne ressemble pas à ce que je sais d'elle.

Je renifle.

— Elle était avec les hors réseau la semaine dernière.

— Ça ne la rend pas coupable d'un crime, dit Declan. Juste d'un mauvais goût en matière d'amis.

— Quand elle a une arme pointée sur Jaxson, si.

J'ai caché le secret de Jaxson à Ariella, mais je n'ai même pas envisagé de le mentionner à l'équipe. Aurais-je dû dire quelque chose plus tôt ? Je passe une main dans mes cheveux. Il est trop tard maintenant pour revenir sur cette décision. Je ne peux pas commettre une autre erreur, pas avec autant de vies en danger.

— Ariella ne sait pas qu'Emma est impliquée avec les hors réseaux, dit Jaxson. Ça veut dire qu'ils pourraient l'utiliser pour nous atteindre.

Est-ce qu'ils iraient aussi loin ?

— Est-ce qu'elle t'a appelé ou essayé de communiquer avec toi ? demandé-je à Jaxson.

Ces deux-là sont proches, et bien qu'il y ait eu une sorte de dispute évidente, elle irait quand même le voir si elle avait des problèmes, non ?

— Non. Je lui ai envoyé un message, mais elle n'a pas répondu. Declan a bipé son téléphone et a dit qu'il était éteint, dit Jaxson.

— Ils ont probablement pris les téléphones de tout le monde, dis-je. Prise d'otage 101.

— Merci pour ça.

Jaxson secoue la tête et se dirige vers le camion.

— Où est-ce que tu vas ?

Je le suis pendant qu'il ouvre le coffre et récupère notre équipement tactique.

Jaxson attrape un gilet pare-balles et l'enfile par-dessus sa chemise.

— Je refuse de rester assis et d'attendre que le SWAT nous dise comment faire notre travail, ou pire, le shérif de la ville. Tu viens avec moi ?

CHAPITRE QUATORZE

ARIELLA

Le dos appuyé contre la brique froide, je rentre mes genoux dans ma poitrine.

Hazel est assise à ma droite, serrée contre mon corps alors que nous sommes entassés dans le hall.

J'ai été formé avec la C.I.A. sur la façon d'éliminer un assaillant dans une prise d'otages, mais il n'y avait pas de cours qui impliquait huit hommes armés contre un agent technique.

Je n'ai jamais eu d'opportunités excitantes sur le terrain. Je m'asseyais dans des chambres d'hôtel dans des pays étrangers pour écouter. C'était l'étendue de mon excitation.

Cette prise d'otage va au-delà, et très honnêtement, j'aurais pu me passer de cette excitation. Je n'aime pas les aventures à haute teneur en adrénaline, et celle-ci fait battre mon cœur à toute vitesse dans ma poitrine.

Avoir un dysfonctionnement autonome craint au quotidien. Mais aujourd'hui, il fait vraiment des ravages sur moi. Je dois déployer toutes mes forces pour obliger mon corps à rester calme, à ne pas trembler alors que le réflexe de lutte ou de fuite prend le dessus.

Mes exercices de respiration sont nuls. Le biofeedback est un outil formidable avec le bon équipement. Assise sur le sol avec des hommes masqués qui nous menacent avec des armes, ce n'est pas le bon moment pour l'utiliser.

J'aimerais avoir une arme. Mais à quoi cela servirait ? Je ne suis probablement pas capable d'arrêter huit hommes, peut-être un ou deux dans un bon jour. Six sont restés avec nous, et les deux autres qui avaient disparu sont revenus, mais Mason n'est pas avec eux.

Où est-il ? Est-il vivant ? L'ont-ils torturé ?

J'essaye de penser à autre chose. Des chiots. Des couchers de soleil d'été. Du surf sur la plage. Jaxson. Le dernier provoque un léger plissement de mes lèvres et mon estomac se retourne.

Je n'avais pas envie de penser à lui.

L'homme dont Hazel a peur s'éclaircit la gorge.

— Combien de temps allez-vous nous garder ? Certains d'entre nous ont des affaires à régler.

Il a un fort accent, certainement russe. J'ai étudié les langues dans le cadre de mon cursus à la CIA.

Le plus petit des hommes masqués se précipite vers le Russe et enfonce le canon de son arme dans sa poitrine, contre son cœur.

— Tu vas la fermer ! aboie l'homme masqué.

— Ou quoi ? Tu vas me tirer dessus ?

Le Russe éclate de rire, sans se laisser impressionner par la menace. Cependant, il ne se défend pas physiquement.

— Vous ne me faites pas peur. J'ai tué des cafards plus gros que toi.

— C'est Franco, me murmure Hazel à l'oreille.

Elle l'a mentionné plus tôt, mais je n'ai pas su lequel c'était jusqu'à maintenant.

Il y a deux hommes aux cheveux gris en costume qui sont assis par terre contre le mur opposé.

Si ce salaud tire sur Franco, il nous rendra tous service, sans le savoir.

— Tu n'as peut-être pas peur de la mort, mais qu'en est-il si je tue ton ami ?

L'homme masqué déplace le canon de l'arme de la poitrine de Franco à la tête de l'autre homme.

— Ça me démange d'appuyer sur la gâchette.

— Vas-y et fais-le, dit Franco.

Il a l'air de s'ennuyer.

Est-ce une forme de psychologie inversée ?

Je ne peux pas voir les yeux de l'homme masqué de l'autre côté de la pièce. Nous regardons tous. Une lourdeur s'abat sur la pièce. Les otages poussent plusieurs petits cris de peur.

— Assez !

Un homme plus grand portant un masque et brandissant une arme éloigne le canon de la tête de l'homme.

Il attrape l'homme plus petit par le bras et le traîne dans le couloir.

Mes mains tremblent et j'expire nerveusement. Les hommes qui nous retiennent prisonniers ne sont pas des meurtriers. Du moins, pas encore.

Que font-ils à prendre des otages dans la station ? Que peuvent-ils bien espérer obtenir ?

L'un des hommes masqués pousse une femme, les mains liées dans le dos, vers nous.

— Laissez-moi partir !

Sa voix traverse le couloir.

Emma ?

Ses longs cheveux bruns couvrent ses joues et ses yeux rouges et tachetés. A-t-elle pleuré ?

— Laissez-moi tranquille !

Emma s'échappe de l'emprise de l'homme masqué et pose son regard sur moi.

Elle renifle et s'effondre sur le sol en un tas à mes côtés.

— Ils t'ont fait du mal ? demandé-je, ma voix dépassant à peine un murmure.

L'homme masqué lève le manche de son arme et le pointe sur mon front.

— Silence !

Tremblant, je baisse mon regard. Je ne veux pas paraître menaçante. La dernière chose dont nous avons besoin est d'attirer l'attention de Franco et qu'il remarque Hazel à mes côtés.

— Une fille intelligente, dit-il en riant.

J'imagine un sourire sombre et sinistre derrière ces yeux bleus glacés.

Sa voix envoie un frisson le long de ma colonne vertébrale. Elle est rude et épaisse. Il renifle et baisse son arme mais se penche pour attraper mon bras.

— Tu viens avec moi.

Il me tire sur mes pieds, sa prise est ferme et dure, impitoyable.

— Non !

J'échappe à son emprise.

Je suis plus en sécurité avec les autres otages. Je ne fais pas confiance à l'homme masqué, à ce qu'il pourrait me faire.

— Tu ne me dis pas non, me lance-t-il.

Il secoue mes cheveux, son poing s'emmêle dans les mèches alors qu'il me tire la nuque pour me mettre face à lui.

Tous les yeux sont-ils sur nous ? Je ne peux pas détourner le regard, mon cou est tordu pour ne fixer que le visage de l'homme, le masque m'empêchant de le voir.

Il me hisse sur son épaule et, de son autre main, attrape le bras d'Hazel. Elle a au moins un sweat-shirt épais pour la protéger de sa prise serrée.

— Laisse-moi partir !

Je me bas de toutes mes forces. Mes mains frappent le bas de son dos, le martelant. C'est inutile. Il porte un gilet sous sa chemise noire, épais, comme du Kevlar, dissimulable.

— Fermez-la ou je vous mets une balle dans la tête à toutes les deux !

CHAPITRE QUINZE

JAXSON

Mason prend une paire de pinces coupantes, et nous ouvrons une brèche dans l'entrée latérale de la station. Rester assis et attendre que le SWAT négocie ne marchera pas.

Je reçois un appel de Nikolai Agron, la dernière personne à qui je veux avoir affaire aujourd'hui.

Si tout ce que j'ai entendu est vrai, alors j'ai accepté un client avec lequel je ne suis pas à l'aise. J'ai déjà eu affaire à des salauds par le passé, mais là, c'est différent.

J'ai généralement le dessus.

Je n'aime pas qu'Ariella et Hazel soient prises en otage, et que Franco soit introuvable. Les actions à la station ne reflètent pas les stratégies de la mafia. Si Franco savait qu'Hazel avait réservé une chambre, il l'aurait sans doute enlevée ou tuée, selon ses envies.

Je ne suis pas sûr de ce qu'il a prévu. Alors qu'il la voulait comme épouse, le fait qu'il ait abattu les marshals et n'ait pas pensé deux fois à sa sécurité me fait suspecter qu'il est prêt à la tuer. Est-ce parce qu'elle l'a trahi ?

Je fais signe à Mason de me suivre dans le hall. Il fait un signe de tête sec et me couvre par derrière. Les armes sont dégainées, nous serrons le mur au coin du couloir. Les voix des délinquants deviennent plus fortes, plus proéminentes. Cela signifie que nous sommes proches.

Ses cheveux bruns ont récemment été coupés en une coupe au carré. Emma Foster, la mère biologique de ma fille, se tient juste au coin d'un autre couloir avec un distributeur automatique.

Vêtue d'un pantalon noir et d'une chemise bleue à col, elle tape du pied sur le linoléum.

— Je ne vois pas pourquoi je n'aurais pas pu porter un masque et me déguiser avec vous, dit Emma.

Juste de l'autre côté du distributeur automatique, il y a un homme masqué. Son arme sort de derrière l'appareil et il s'avance.

Habillé tout en noir, il a la même taille et la même carrure que moi. Je peux facilement le battre, mais pas avec Emma qui regarde.

Emma est définitivement impliquée.

Sait-elle ce qui se passe ? Quel rôle joue-t-elle ? A-t-elle orchestré toute la situation ? J'ai une pléthore de questions, mais je n'obtiendrais pas de réponse si je l'approchais. Ce n'est pas comme ça qu'elle travaille, pas avec moi. Il y a une histoire entre nous, une histoire compliquée.

Nous ne sommes pas amis. Nous ne sommes même pas amants. Nous avons passé une nuit ensemble, techniquement une très longue journée, et c'est tout.

L'homme masqué se penche sur Emma et lui murmure quelque chose à l'oreille avant qu'elle ne s'éloigne en bégayant dans le hall.

J'attends qu'Emma soit hors de vue et je tourne au coin de la pièce avant que l'homme masqué ne puisse anticiper que quelqu'un les observe. Je percute son corps, le déséquilibrant.

Il trébuche en arrière, son arme tombant sur le sol hors de sa portée. Je retiens mon souffle. Emma a-t-elle entendu le vacarme ? Va-t-elle revenir et nous trouver tous les deux en train de nous battre ?

Mason monte la garde, surveillant mes arrières.

J'arrache l'arme du sol et la pointe vers l'homme masqué.

— Enlève-le, crié-je entre mes dents serrées. Il n'y a qu'un seul moyen d'entrer, et c'est de s'habiller comme eux.

— Mords-moi, dit l'homme masqué en frappant son front contre le mien.

Putain, ça fait mal. Je ravale la douleur alors qu'il se bat pour l'arme dans mes mains. Non. Je ne veux pas le lui donner. Je piétine son pied, donne des coups de coude dans son estomac, et des coups de genou dans son aine.

Jouer salement est le seul moyen de survivre. Nous ne sommes pas sur un ring de boxe à jouer selon des règles prédéterminées. C'est la vie ou la mort.

— Bâtard, grogne-t-il, se jetant sur moi, me plaquant le dos contre le mur de briques.

J'halète sous l'impact, et Mason se précipite plus près, arme dégainée et pointée sur le front de l'homme masqué.

Je fais tomber son masque, choqué.

Jayden Scott. Il cavale avec les hors-réseau depuis trop longtemps.

— C'est quoi ce bordel ?

Je n'arrive pas à croire dans quoi il s'est fourré. Nous avons servi ensemble dans les forces spéciales et nous étions frères. J'ai l'impression que c'était il y a une éternité quand je fixe son regard froid.

Est-ce qu'il est impliqué à cause d'Emma ? Ils avaient l'air assez proches l'un de l'autre près des distributeurs automatiques plus tôt. C'est la raison pour laquelle il s'est montré ?

Je tends le semi-automatique à Mason alors qu'il se tient derrière moi. Je n'ai pas besoin que Jayden mette encore ses sales pattes dessus.

Avec une main agrippant la chemise noire de Jayden, je pousse mon pistolet contre sa tête. — Donne-moi une raison pour laquelle je ne devrais pas vider le chargeur dans ton crâne, dis-je entre mes dents serrées.

— Tu ne sais rien, dit Jayden.

— Pourquoi es-tu là ? Qu'est-ce qu'ils veulent ?

Les hommes ne se présentent pas et ne prennent pas d'otages pour le plaisir, certainement pas ces hommes, des hors réseau.

Qu'est-ce qu'ils veulent ? Je plonge mon visage dans le sien, la sécurité enlevée, mon index sur la gâchette. Je suis prêt à le tuer, un homme dont j'ai sauvé la vie il y a dix ans.

Il renifle et hausse les épaules. Jayden ne transpire même pas malgré le canon contre sa peau.

— Tu n'as pas la force de me tirer dessus, Monroe.

Je déteste à quel point il me connait bien. La vérité est que je ne tirerais pas sur un homme désarmé à moins que ma vie ne soit en danger mortel. Ce n'est pas le cas, du moins pas pour le moment, mais la vie de tout le monde l'est.

Je n'ai pas d'autre choix. Je prends la poignée de l'arme et la frappe contre sa tête, lui faisant perdre connaissance. Il tombe sur le sol en un tas.

— Aidez-moi à lui enlever ses vêtements.

Mason se tient là, pistolet en main tout en gardant l'autre pointé dans le coin, prêt à tout moment à nous protéger.

— On dirait que tu t'en es occupé.

En soupirant, je déshabille Jayden jusqu'à son caleçon. Je ne me sens pas bien après ce que j'ai fait, mais quelle autre option y avait-il ?

Deux contre huit, avec des dizaines d'otages, ça ne présage rien de bon. Au moins c'est sept maintenant, mais Emma est impliquée.

Je devais l'éliminer de l'équation.

J'ouvre la porte la plus proche, un placard d'accessoires d'entretien, et je traine Jayden à l'intérieur. Je ferme la porte, et avec l'aide de Mason, nous trainons rapidement le distributeur automatique devant pour empêcher Jayden de s'échapper. Juste au cas où il se réveillerait avant que mon plan ne soit terminé.

Rapidement, j'enfile les vêtements de Jayden, je glisse la dernière partie de l'ensemble, le masque de ski noir, et je tends la main vers le pistolet que Mason a surveillé pour moi.

— Tu es sûr de ça ? demande-t-il. Tu es un père. Peut-être que c'est moi qui devrais risquer ma vie.

On dirait qu'il a changé d'avis. Je ne peux pas me permettre d'avoir des doutes sur une décision maintenant ou dans le futur.

— Je m'en occupe.

Je dois protéger Ariella ainsi qu'Hazel. Mon travail implique de risquer ma vie. Cela fait partie du poste.

A ma ceinture, une poignée de liens zip que Jayden avait mis sur son pantalon. Bien que je n'aie pas l'intention de prendre des otages, je ne peux pas non plus laisser Emma découvrir que je ne suis pas Jayden.

Reconnaitrait-elle ma voix ou mes yeux à travers le masque ? Nous n'avons peut-être passé qu'une nuit ensemble, mais elle s'est présentée à ma porte avec Isabella, et je me suis présenté à sa porte en lui disant de quitter la ville il y a un peu plus d'un mois.

Je fais signe à Mason de me suivre dans le couloir. Emma reste loin des otages. Elle s'appuie contre le mur, son téléphone à la main, fixant l'appareil, inconsciente de ma présence.

Mason reste en retrait, regardant avec son arme dégainée au cas où j'aurais besoin de renfort.

Je me faufile sans qu'elle ne bronche.

Elle est entièrement concentrée sur le jeu auquel elle joue sur son téléphone portable. Une série de bulles colorées qui n'ont aucun sens pour moi.

J'attrape ses bras et les pousse derrière son dos. Son téléphone tombe sur le sol.

Je tire sur un lien zip, j'attache ses poignets, les liant ensemble.

— Jayden, la voix d'Emma contenait une pointe d'agacement. Ce n'est pas drôle. Laisse-moi partir.

Je ne lui réponds pas. Je ne veux pas encore parler, je crains qu'elle reconnaisse que ma voix n'est pas celle de son compagnon.

Je dois être prudent. Je n'ai peut-être qu'une seule chance, et je ne veux pas la gâcher avant de retrouver Ariella et Hazel.

Il me faut toute ma force pour ne pas me retourner et jeter un coup d'œil à Mason. J'ai l'habitude de partager les signaux sur le terrain. Il a toujours assuré mes arrières. Je dois croire qu'il les assure aussi maintenant, alors que je ne peux pas me retourner.

— Bien. Si tu veux jouer aux gendarmes et aux voleurs, je suppose que je peux jouer le jeu. Emma a presque l'air de s'ennuyer.

Le masque est chaud, étouffant. Je respire lourdement par le nez, faisant tout ce que je peux pour garder la bouche fermée. C'est difficile. J'ai envie de lui dire de se taire. La secouer et exiger de savoir dans quoi elle s'est embarquée et pourquoi.

Quelle personne saine d'esprit laisserait sa vie derrière elle pour vivre parmi les hors réseau ? Leur refuge est un trou d'enfer, un compromis d'une commune sans eau courante ni chauffage. Ils sont basiques, vivent de la terre et dépendent les uns des autres pour leur survie.

Cela aurait pu être une bonne idée si ce n'était pas des hommes au passé sinistre.

Je n'ai toujours pas compris ce qu'ils veulent, pourquoi ils ont pris le contrôle du Blue Sky Resort. Je ne peux pas demander à Emma. Elle comprendrait que je ne suis pas Jayden.

J'attrape son coude et l'escorte à pas lourds vers la foule de bruits et d'agitation. La plupart du temps, il s'agit de larmes et de supplications murmurées, certains prient, d'autres parlent entre eux.

Les délinquants n'avaient pas exigé le silence. D'accord, ils ne craignaient pas d'être renversés ou que les otages s'unissent pour les vaincre.

Si les agresseurs sont tous des hors-réseau, alors ce ne sont pas les hommes les plus brillants. Certains ont un entraînement militaire, mais pas tous. La plupart de ceux qui ont servi auraient été renvoyés avec déshonneur.

Ce ne sont pas des hommes honorables.

Je conduis Emma dans le hall et je regarde d'une personne à l'autre jusqu'à ce que mon regard se pose sur Ariella.

Elle se balance lentement, ses genoux serrés contre sa poitrine, ses bras enroulés autour de ses jambes. À sa droite, il y a un otage avec un sweat-shirt trop grand, capuche relevée.

Je reconnaîtrais ce sweat à capuche n'importe où. Il appartient à Mason Reid. Hazel doit être cachée en dessous.

Je jette brièvement un coup d'œil aux otages. Quelques-uns sont des gens de la ville, les propriétaires de la station, et plusieurs clients que je ne connais pas. Ils devront attendre. Hazel est ma priorité, et Ariella. Je refuse de la laisser derrière moi.

— Laisse-moi tranquille !

Emma s'éloigne de moi, renifle et s'écroule au sol à côté d'Ariella. Elle sait comment jouer le rôle de la victime. Depuis combien de temps auditionne-t-elle pour ce rôle ?

— Ils t'ont fait du mal ? chuchote Ariella, se laissant aller à sa performance.

Je déteste voir Ariella remplie de peur, tremblant contre le mur, mais je dois être convaincant si je veux que tout le monde croie que je suis l'un des leurs.

Je n'ai pas d'autre choix. Je lève le manche de mon arme et la pointe sur son front.

— Silence !

Un frisson parcourt son corps. Tout le monde peut voir la peur que j'ai instillée en elle.

Non. Je dois séparer les deux. Je suis seulement ici pour la sauver. Ces hommes ont causé son traumatisme.

— Une fille intelligente, dis-je en faisant de mon mieux pour rire.

Je dois être convaincant, ou je mets toutes nos vies en danger. Je baisse mon arme et me penche pour attraper son bras.

— Tu viens avec moi.

Je soulève Ariella sur ses pieds.

— Non !

C'est une battante, je lui accorde ça.

— Tu ne me dis pas non, fulminé-je.

Je n'ai pas d'autre choix que de lui demander de venir, de faire preuve de force. Ces hommes n'accepteraient pas un refus si facilement.

J'attrape une poignée de ses cheveux et lui fais tourner la tête pour qu'elle me fasse face.

Je regarde ses yeux, remplis d'effroi. Peut-elle me voir ? A-t-elle reconnu mes yeux à travers le masque de ski ?

Je veux lui dire de me faire confiance, mais je ne peux pas. Sa peur est ce qui rend la chose crédible pour tous ceux qui nous regardent.

Je ne peux pas risquer qu'Ariella se batte avec moi. Je dois demander à Hazel de venir avec moi aussi. C'est le seul moyen de les sauver. Avec un peu de chance, Ariella comprendra et me pardonnera quand elle verra que c'est moi sous le masque.

Je la jette par-dessus mon épaule et j'attrape le bras d'Hazel, la poussant sur ses pieds.

— Laissez-moi partir ! crie Ariella.

Elle est forte pour son petit gabarit, ses poings frappant coup après coup le bas de mon dos. Honnêtement, ça ne fait pas mal. La veste fait un bon travail pour me protéger de son attaque.

A-t-elle découvert qui était sous le masque ?

J'ai besoin d'être convaincant. Je dois nous faire passer devant les autres hommes armés.

— Fermez-la, ou je vous mets une balle dans la tête à toutes les deux !

Hazel est la dernière de toutes à se battre contre moi. Son corps est mou, mais ma prise sur son bras fait en sorte qu'elle ne glisse pas de mon emprise.

Je repars avec elles par le chemin d'où nous venons, passant devant les otages, dont deux hommes à ma droite en costume, jambes écartées, assis sur le sol. Nos yeux se croisent. Franco Ivanov.

J'emmène les filles au-delà de la foule.

— Où les emmenez-vous ? demande une autre voix masculine.

Il se tient à six mètres de là, masqué et armé.

— Pose-moi, grogne Ariella.

Elle continue à me frapper dans le dos, mais ses mouvements sont moins violents. Est-ce pour le spectacle, ou s'est-elle sentie vaincue ?

— Pour un peu de plaisir. J'ai pensé que je pourrais leur donner une leçon pour nous avoir désobéi.

La bile monte dans ma gorge. J'ai envie de vomir.

L'homme masqué se moque et tourne les talons, pas vraiment intéressé par moi ou mes plans.

Je les emmène dans le hall, je me retourne et je pousse Hazel dans les bras de Mason.

Mason lève un doigt sur ses lèvres pour se taire. Il attrape la main d'Hazel et l'emmène dans le couloir, dans la direction où nous sommes venus.

— Je ne te laisserai pas faire !

Ariella continue à se battre avec moi. Avec sa tête baissée, elle ne voit pas Mason aider Hazel. — Combats-le ! crie-elle à Hazel.

Je garde mon rythme, me laissant distancer par Mason et Hazel alors qu'ils trottinent dans le hall vers l'entrée par laquelle nous sommes entrés.

Je veux dire à Ariella que c'est moi, mais je ne peux pas risquer que quelqu'un nous découvre.

Et si un autre homme masqué nous avait rattrapé, ou pire, si Jayden s'était libéré ?

CHAPITRE SEIZE

ARIELLA

Je me tortille contre son épaule, et bien que l'homme masqué garde un bras autour de mes hanches, je n'arrête pas mes mouvements. Il se fatiguera ou sera obligé de me mettre à terre et j'aurai l'occasion de me défendre. Il n'y a que nous deux.

Sa prise se relâche légèrement et j'utilise toute ma force pour rouler contre lui, le renversant et nous projetant sur le sol.

Une voix masculine grogne,

— Merde, tache de rousseur.

Ce n'est pas possible.

— Jaxson ? chuchoté-je.

Je devrais probablement m'enfuir. C'est ma chance, mais je reconnaîtrais cette voix n'importe où si elle disait mon nom.

Il jette un coup d'œil par-dessus son épaule avant de se lever, d'épousseter son pantalon et de me tendre la main.

Ces yeux bleus perçants volent mon cœur. Je serre sa main, et nous sortons du bâtiment.

Le SWAT nous attend. Les armes sont pointées sur nous.

Je jette mes bras en l'air.

Jaxson fait de même. Le fusil à pompe est en bandoulière à son épaule. Il tombe à genoux, le masque toujours en place alors que le SWAT l'entoure.

— Ne tirez pas ! crié-je aux hommes. Il est avec Tactique de l'Aigle.

Je suppose qu'ils l'ont envoyé dans le cadre de leur opération.

— Raison de plus pour l'arrêter, dit un homme avec une veste du SWAT.

Il sort de derrière le centre de commandement situé de l'autre côté du parking. Il doit être le chef de l'opération.

— Jaxson ?

Qu'est-ce qui se passe, bordel ?

————

Les agents du SWAT me fouillent pour s'assurer que je ne cache pas d'arme avant de m'éloigner de Jaxson.

— Je veux voir Jaxson, exigé-je.

Pourquoi nous séparent-ils ?

— Il m'a sauvé la vie.

J'insiste pour qu'ils sachent qu'il m'a sauvé.

Est-ce parce qu'il est habillé comme l'un d'entre eux qu'ils doivent vérifier si ce que je dis est vrai ?

A-t-il enfreint les règles en venant nous sauver, Hazel et moi ? Où est Hazel ? L'inquiétude inonde mon visage alors que je m'assois sur une chaise pliante en métal, une couverture autour de mes épaules.

— Détendez-vous, dit Mason, en venant s'asseoir à côté de moi.

Il me tend une bouteille d'eau.

— Jaxson a dit que tu pourrais en avoir besoin.

— Merci.

Hazel se tient derrière lui. Elle est petite en comparaison, et je n'ai même pas réalisé à quel point elle disparait facilement. Il est son protecteur.

A-t-il été à l'intérieur de la station aussi ? Je ne l'ai pas vu, mais ça ne veut rien dire. Tactique de l'Aigle travaille en équipe.

Je doute que Jaxson y soit allé seul.

— Où est-il ? demandé-je.

J'ouvre la bouteille d'eau et prends une gorgée. J'utilise deux mains pour tenir la bouteille, faisant de mon mieux pour empêcher mes mains de trembler. La couverture m'aide, même si je n'ai pas froid. Je ne ressens pas grand-chose d'autre que de l'épuisement.

— Débriefing et gestion des répercussions de ce que nous avons fait, répond Mason.

Il enroule un bras autour d'Hazel, la serrant contre lui.

— Je ne comprends pas. A-t-il des problèmes ?

Mason fait un sourire en coin, froid.

— Pas plus que d'habitude. J'ai besoin d'emmener Hazel dans un endroit sûr. Elle a mentionné que Franco était à l'intérieur de la station. Je ne peux pas risquer d'attendre qu'il nous trouve ici.

— Oui, c'est vrai.

Elle ne peut plus rester à l'hôtel. Je n'ose pas demander où il va l'emmener. Je ne suis pas sûre de vouloir le savoir. C'est mieux de garder le secret pour tout le monde.

Il pose une main sur mon épaule.

— Tu es sûre que tu vas bien ? Si je t'emmène avec nous, Jaxson va péter les plombs. Il arrive à peine à s'en sortir, dit Mason.

Je bois une gorgée de mon eau et j'essuie mes lèvres.

— Je vais bien. Je doute qu'il ait envie de me voir. Il m'a viré de chez lui. Je suis la dernière personne à qui il veut avoir affaire. Souviens-toi, j'avais prévu de rester à l'hôtel pour ne plus avoir affaire à lui.

— Parle-lui, dit Mason.

Il me tape dans le dos avant de conduire Hazel hors de la tente.

Je veux partir. Je ne veux pas rester avec la couverture qui me démange enroulée sur mes épaules, à boire une bouteille d'eau tiède. Je veux rentrer à la maison, me glisser dans un bain chaud, et laisser mes problèmes disparaître.

Jaxson entre en trombe dans la tente, ses épaules se soulèvent lorsqu'il pose les yeux sur moi.

— Tu vas bien ?

Il me surplombe alors que je m'assois sur la chaise métallique glaciale. Je serre la couverture plus fort, essayant d'éloigner le froid. Je frissonne, mais c'est plus à cause de sa proximité que de la fraîcheur de l'air.

Je ne réponds pas, je le regarde juste fixement. Se soucie-t-il vraiment de mon état, ou est-ce son mode de protection qui le pousse à demander ?

Plus tôt ce matin, il se fichait complètement de moi ou de mes sentiments. Pourquoi cela a-t-il changé maintenant ?

— Ca va, dis-je en souriant du mieux que je peux.

Il se baisse. Ses genoux fléchissent alors qu'il arrive au niveau de mes yeux.

— Tu es en colère contre moi.

— Qu'est-ce qui t'a donné cette impression ?

Je ferme les yeux et expire bruyamment avant de les rouvrir.

Il ne bouge pas et continue à me fixer.

— Et si je te raccompagnais chez toi ? Nous sommes libres de partir.

Il est sérieux ? Il m'a pratiquement dit de trouver un autre endroit où vivre il y a quelques heures. A-t-il oublié, ou se sent-il juste coupable que j'aie été l'une des victimes ?

— Tu n'as pas à te sentir désolé pour moi

Je pousse doucement sur sa poitrine pour le faire reculer alors que je me lève.

— Je vais m'en sortir. Je vais juste trouver un autre endroit où rester.

Je ne suis pas sûre des autres options d'hébergement, mais je vais trouver quelque chose.

Peut-être que je pourrais rester chez Emma si elle a une chambre libre, ou au moins un canapé sur lequel je peux dormir.

Sinon, peut-être que l'un des autres gars de Tactique de l'Aigle pourrait me suggérer un endroit où dormir. Je ne suis pas assez stupide pour partager une chambre avec l'un d'entre eux. Jaxson ferait probablement de leur vie un enfer.

— Je ne suis pas désolé pour toi, dit-il en se levant.

Il expire bruyamment et lie mon bras au sien.

— Je te ramène à la maison.

— Jaxson, j'ai ma voiture. Je peux conduire jusqu'à la maison.

Je ne suis pas vraiment sûre de l'endroit où j'irais. La maison n'existe pas pour moi, plus maintenant.

— Non.

Une réponse en un seul mot.

Il ne m'écoute pas. Jaxson me conduit hors de la tente et à son camion. Il déverrouille la porte et m'aide à entrer. Je garde la couverture, je la mets sur mes genoux en montant sur le siège avant.

— Ce n'est pas nécessaire. Je suis capable de conduire moi-même.

Il attend que j'attache ma ceinture avant de fermer la porte et de trottiner jusqu'au côté opposé. Il monte, démarre le moteur, et boucle sa ceinture de sécurité.

— Je te ramène à la maison.

Sa voix est ferme et autoritaire.

A-t-il l'habitude de donner des ordres aux gens ? Il l'a fait ces derniers jours au bureau et surtout avec moi.

J'ai pris en compte les mots de Mason, disant que Jaxson était sexuellement frustré, mais cela n'a aucun sens. Nous avons fait l'amour récemment, et je suis presque sûre qu'il n'est pas le genre de gars à coucher à droite et à gauche. Il a un enfant, et il la fait toujours passer en première.

Je ne réponds pas, je me contente de regarder par la fenêtre latérale pendant qu'il nous conduit hors du parking et vers l'artère principale, jusqu'au col de la montagne.

— J'ai compris. Tu es en colère contre moi, dit Jaxson.

La radio est éteinte et la voiture roule à pleine vitesse.

Je jette un coup d'œil à Jaxson depuis la fenêtre latérale, puis je croise mes bras sur ma poitrine.

— Je suis désolé d'avoir dépassé les bornes, mais je ne pouvais pas laisser quelque chose t'arriver, tache de rousseur.

— Ne m'appelle pas comme ça !

Il n'a plus le droit de m'appeler comme ça, plus jamais.

On gravit la montagne, Jaxson rétrograde le camion. Les pneus se mettent à patiner, mais nous tirent tout aussi rapidement vers le haut de la route.

Ses mains agrippent le volant avec force. Les routes n'ont pas l'air si dangereuses, mais plus nous montons en altitude, plus la neige commence à tomber. Au début, les flocons sont épais et légers et la route couverte d'une poussière, mais elle devient plus lourde à chaque minute qui passe.

— Je ne voulais pas te faire de mal. Il fallait que j'aie l'air d'être l'un des leurs.

Je me déplace sur mon siège et me tourne un peu pour lui faire face.

— Tu crois que je suis en colère à cause de ce qui s'est passé à la station ?

Il a fait ce qu'il devait faire pour nous sortir de là, Hazel et moi.

Il me jette un bref regard avant de reporter son attention sur le terrain enneigé.

— Tu ne l'es pas ?

Je ris dans mon souffle.

— Mon Dieu, tu ne comprends rien.

Tous les hommes sont-ils aussi paumés ?

— Eh bien, merci, marmonne-t-il.

Il grommèle quelque chose d'incohérent dans son souffle.

Je le fixe du regard.

— Qu'est-ce que tu dis ? demandé-je, le défiant de le dire à haute voix.

— J'ai dit, « les femmes, vous êtes toutes les mêmes ».

— A qui me compares-tu, Emma ?

Je tire sur la couverture.

— Tu n'as pas le droit de me mettre dans la même catégorie que la femme qui a abandonné ton enfant et qui ne voulait rien avoir à faire avec elle ou avec toi.

Je grimace après que les mots aient quitté mes lèvres. Ce n'est pas vraiment ce que je pense d'Emma, mais fait qu'elle n'en ait jamais parlé une seule fois, mais que Jaxson me l'ait dit, cela me hante au fond de mon esprit.

Pourquoi est-elle ici ? Se bat-elle pour son affection et son attention ?

Je ne les ai pas vus ensemble en dehors de la nuit au bar, mais peut-être y a-t-il quelque chose que je ne sais pas. Je ne suis pas à Breckenridge depuis si longtemps.

Me cache-t-il des choses ?

D'une main, il se frotte le front, et l'autre reste plantée sur le volant.

— Je suis désolé.

— De quoi ?

Je ne veux pas qu'il s'excuse s'il ne le pense pas ou s'il ne sait pas pourquoi.

Il temporise, ne me répondant pas tout de suite.

— Tiens, je vais te faciliter la tâche. Tu as été un con avec moi, en fait, le plus gros con que je connaisse. Dis-moi que j'ai tort.

Il reste concentré sur la route et de temps en temps, il jette un coup d'œil dans ma direction, mais maintenant, il ne me regarde plus. Clairement mal à l'aise avec ce que j'ai dit.

Il veut la vérité. Il la mérite.

Sa mâchoire est serrée. Sa main gauche se pose sur le volant alors qu'il guide le camion sur l'allée privée menant à sa résidence.

— Oui, c'est ce que je pensais. Ne t'inquiète pas. Je ne t'embêterai plus dès que j'aurai trouvé un endroit où vivre. J'avais prévu de rester à la station, mais elle est sous une nouvelle direction pour le moment.

Il souffle.

— Tu te crois drôle, en faisant une blague comme ça ? Vous auriez pu vous faire tuer aujourd'hui.

— Eh bien, je ne suis pas morte. Je suis sûre que tu es déçu que je sois toujours là, à résider sous ton toit.

Je n'avais pas l'intention d'aller si loin, mais les mots m'ont échappé. Il ne souhaite pas vraiment ma mort, n'est-ce pas ? Il me déteste juste. Y a-t-il une différence ? Je me pince l'arête du nez, sentant un mal de tête arriver.

Je devrais peut-être prendre ma couverture, voler un oreiller et aller dormir dans cette maudite cabane, la seule propriété que je possède avec un toit.

Enfin, c'est ça ou ma voiture, mais mon véhicule est à la station, ce qui rend difficile de dormir dedans. Ce sera mon plan. Je pourrais facilement vivre dans ma voiture. J'ai juste besoin de retourner à la station.

Il éteint le véhicule et pousse un gros soupir. Je peux sentir la chaleur, la colère, le stress qui couve dans le camion. Je n'ai pas envie de rester assise à attendre qu'il se déchaîne à nouveau sur moi.

Je déverrouille la porte du camion, l'ouvre et me détache. Je fais tourner mes jambes sur le côté pour sauter en bas quand la couverture s'emmêle autour de moi.

En me débattant avec elle, je ne remarque pas que Jaxson se précipite de mon côté du camion.

Son corps emprisonne le mien, mes jambes sont serrées, il est pratiquement à cheval sur moi. Ses mains se posent de chaque côté de mes hanches, contre le cuir intérieur du camion, pour m'empêcher de m'échapper.

— Il faut qu'on parle.

— Il n'y a rien à dire.

Je pousse sur sa poitrine pour le forcer à bouger, mais il est trop fort.

Ses mains se lèvent, attrapent les miennes, les écrasant contre sa poitrine, se penchant plus près.

— Tu ne le penses pas, dit Jaxson.

Je ne veux pas le regarder. Je ne veux pas lui donner plus de mon temps ou de mon attention. — Je le pense.

— Je ne voudrais jamais qu'il t'arrive quoi que ce soit, tache de rousseur.

Sa main droite vient caresser ma mâchoire et guide mon menton vers le haut pour rencontrer son regard.

— J'ai été con, mais c'est parce que je ne sais pas gérer ça.

— Gérer quoi ?

— Être professionnel.

Il appuie son front contre le mien.

Mes yeux se ferment. Je peux sentir la sueur sur sa peau mélangée au parfum spécial qui le rend unique.

Ses doigts se posent dans ma nuque, rapprochant mes lèvres des siennes. Il me maintient dans cette position, sans m'embrasser, juste en buvant mon souffle, en volant ma colère et ma douleur alors que je sens le besoin nous envahir.

Je le veux, mais je ne veux pas avoir le cœur brisé. Pas encore. Je ne pourrais pas supporter qu'il se brise en un million de petits morceaux.

— Ce n'est pas professionnel, murmuré-je.

Mes paupières s'ouvrent. Mon regard est lourd. Chaque respiration est rauque et profonde. Je le veux plus que tout ce que j'ai voulu dans ma vie.

Le pire, c'est que je sais ce que je manque. J'ai goûté au fruit défendu, et j'en veux encore.

— J'emmerde le professionnalisme.

Ses lèvres s'accrochent aux miennes, dures et vigoureuses.

Je le tire plus fort vers moi, mes doigts s'emmêlant dans ses cheveux. Je le veux, j'ai besoin de lui, j'ai envie de ce que lui seul peut m'offrir.

— Je suis désolé, chuchote-t-il, brisant le baiser, ses lèvres, douces et chaudes, caressant mon cou, suçant et mordillant ma chair sensible.

Je gémis. Il sait exactement quoi faire pour que mes genoux faiblissent. Heureusement, je suis déjà assise. Je baisse la tête et mes doigts guident ses lèvres vers les miennes, nos langues se battent pour garder le contrôle, son corps serré contre le mien. J'ai envie de lui mais j'ai peur de le dire, pas après ce qui s'est passé.

Il se retire légèrement, et ses lèvres tracent un chemin chaud et doux jusqu'à mon oreille.

— J'ai quelque chose à te dire, chuchote-t-il.

— Je ne veux pas parler, dis-je en ramenant sa bouche sur la mienne.

Parler est ce qui nous a causé des problèmes.

Toutes les craintes qui avaient traversé mon esprit se sont évanouies avec ses lèvres sur les miennes.

— Je t'ai laissé un mot le soir où je suis rentré chez moi, chuchote-t-il, déposant à nouveau de doux baisers dans mon cou.

Je me fige, les yeux écarquillés, arrachée à ce doux moment.

— Quoi ?

Je recule et mets une main entre nous pour l'arrêter. J'ai besoin d'entendre tout ça, tout ce qu'il juge assez important pour me le dire maintenant.

— Je ne voulais pas te réveiller en partant, alors j'ai griffonné un mot que j'ai collé sur ton nouveau frigo. Je suppose que tu ne l'as jamais vu.

Ses yeux scintillent, et alors que je fixe le bleu profond de l'abîme, je vois qu'il dit la vérité.

Jaxson n'est pas un homme qui ment pour se sauver.

Je n'avais pas la moindre idée qu'il avait laissé un mot. J'étais tellement en colère contre lui pour être parti sans même lui dire au revoir ou lui envoyer un message que je m'en voulais encore plus de lui avoir fait confiance.

— Je ne le savais pas, chuchoté-je en le regardant fixement.

Je ferme les yeux et pose mon front contre le sien.

Je frissonne. Je n'avais pas froid, mais la porte du véhicule est restée ouverte un bon moment, et nous avons laissé sortir toute la chaleur du camion.

— Nous devrions nous mettre à l'intérieur, là où il fait chaud, dit Jaxson.

Je cède, lui offrant ma main pour qu'il m'aide à sortir du camion.

Mes bottes s'enfoncent dans la neige fraîche tandis que je le suis sans mot dire à l'intérieur de sa maison.

Il éteint l'alarme lorsque nous entrons, et alors que je veux poursuivre nos festivités, Skylar se précipite pour nous accueillir.

— Tu vas bien ? J'ai entendu aux infos la prise d'otages. Sais-tu ce qu'ils voulaient ? Tu étais là ? J'ai entendu que Tactique de l'Aigle a été impliqué.

Je ne peux pas me préoccuper d'elle. Je jette un coup d'œil à Jaxson et lui montre la cage d'escalier.

— Je vais prendre une douche.

J'ai besoin de me débarrasser de la crasse qui recouvre mon corps.

Je veux qu'il me rejoigne. J'espère qu'il s'éloignera de Skylar et trouvera le chemin de la salle de bain avec moi. Contrairement à la dernière fois, quand il m'avait sauvé de l'eau froide qui s'écrasait contre moi, cette fois, je veux que ce soit différent. J'ai besoin que ce soit différent.

Un regard, c'est tout ce que je peux lui donner pour exprimer ce que je désire. Je dois surveiller chaque mot prononcé avec Skylar dans la pièce et Izzie à proximité.

Je ne sais pas où elle est et je ne peux pas prendre le risque qu'elle répète quelque chose de sulfureux qui pourrait échapper à mes lèvres.

Je me dirige vers les escaliers et je jette un coup d'œil par-dessus mon épaule, lui lançant le meilleur regard que je peux avoir, et je fais un signe de tête vers l'étage.

Je n'ai pas l'habitude de dégager un air sexy.

A-t-il compris ?

CHAPITRE DIX-SEPT

JAXSON

Ariella vient-elle de me lancer un regard sensuel pour que je la rejoigne sous la douche ?

Est-ce que j'interprète simplement son regard triste parce que je veux qu'elle me désire autant que je la désire ?

Skylar n'en finit pas de poser des questions sur l'épreuve des otages : si quelqu'un est blessé, ce qu'ils voulaient, pourquoi ils avaient pris des otages, s'il y avait des revendications, et la liste continue.

Je ne suis pas resté dans le coin pour savoir pourquoi les tireurs avaient pris des otages. Il est évident qu'ils cherchaient quelque chose.

Je pense que c'est de l'argent, mais ils ne sont pas près de recevoir un camion plein d'argent de leur hold-up. Le SWAT s'occupe de secourir les autres otages.

On m'a dit de rentrer chez moi et qu'on ne voulait plus de nos services après le coup que j'ai fait pour sauver Ariella et Hazel.

Ce n'est pas bon pour notre entreprise, mais le shérif local ne semblait pas aussi perturbé que le responsable de l'affaire. Nous n'avions pas le projet de marcher sur les pieds ou d'insulter les grands types avec des badges, mais nous avons fait ce qui devait être fait pour sauver nos employées, et je leur ai dit que si c'était à refaire, je le referais.

C'est ce qui m'a valu des ennuis. Je ne regrette rien, du moins pas la façon dont ça s'est passé.

Mon seul regret est d'avoir blessé Ariella.

Elle m'en voudra encore plus si je ne la rejoins pas sous la douche, en supposant que c'est son intention.

Peut-être qu'elle veut que je me faufile à l'étage pour qu'on puisse finir ce qu'on a commencé ? Ou je suis complètement à côté de la plaque, et elle me réprimandera à la minute où je m'inviterai dans la douche sans prévenir.

Je veux franchir cette ligne avec elle, celle qui nous garde strictement comme amis et professionnels. J'en ai fini d'être juste son patron.

Si elle donne son accord, où est le mal à retomber dans le lit ?

Skylar continue à dire à quel point elle était inquiète, que toutes les chaînes locales diffusaient la crise à la télévision et qu'elle ne voulait pas qu'Izzie la voie mais qu'elle jugeait nécessaire de la regarder elle-même.

Je me retrouve à hocher la tête, à être d'accord avec elle, à faire semblant d'écouter, juste pour que la conversation soit terminée.

Je fais le connard, je le sais, mais Skylar et moi ne nous entendons pas. On ne s'entend plus depuis des années, depuis la mort de papa. Elle m'en veut. Je m'en veux. Une situation idéale, vraiment.

— Tu sens ça ? demandé-je en reniflant ma chemise. J'ai besoin de me doucher et de me nettoyer. Je pue, et je suis sûr que personne n'a envie de sentir cette odeur.

N'importe quoi pour qu'elle me laisse tranquille pendant vingt minutes, peut-être une heure.

— Il faut qu'on parle, Jaxson, quand tu auras fini.

Skylar croise ses bras sur sa poitrine.

Je me débarrasse de mes chaussures et me dirige vers les escaliers.

— Dis-le simplement.

Skylar ne tourne jamais autour du pot. Elle est effrontée, un peu trop parfois. Depuis quand attend-elle la permission pour quoi que ce soit ?

— Je reste à Breckenridge définitivement. J'ai postulé pour un emploi et j'ai été engagée au café de la ville, dit Skylar.

— Super, marmonné-je, en montant en trombe les escaliers.

— Je pensais que tu serais content que je sois plus présente.

— J'ai dit super ! lui crié-je en me dépêchant de monter les escaliers. La lumière de la salle de bain de la chambre d'amis est éteinte et la porte ouverte.

Sournoise.

Elle s'est faufilée dans ma salle de bain privée. Je me glisse dans ma chambre et je remarque que la lumière de la salle de bain est allumée et que la porte a été laissée entrouverte.

Je me déshabille, ma chemise par terre, mon pantalon, mon caleçon, et enfin, mes chaussettes. J'ouvre la porte de la salle de bain nu, en espérant que je n'ai pas mal interprété son signal.

Est-ce qu'elle veut ça ?

Est-ce qu'elle me veut ?

Je tire sur le rideau et entre dans la douche avec elle. Contrairement à la dernière fois, où elle était recroquevillée sur le sol, cette fois-ci, elle est exactement comme je l'ai imaginé, debout sous le jet, trempée.

Je grimpe dans la douche humide et je la serre contre moi. Mes lèvres écrasent les siennes. J'ai besoin de la sentir tout autour de moi.

Frénétique, je soulève l'une de ses jambes et me guide à l'intérieur de sa chaleur, m'enfouissant en elle.

Ariella gémit quand j'entre rapidement en elle. Ses ongles s'agrippent à mon dos, s'y enfonçant, me marquant.

Sa tête se penche en arrière, sa peau rougit. Rougit-elle de désir ou de la chaleur de la douche ?

La vapeur nous entoure.

Je prie pour que les bruits que nous faisons soient camouflés par le bruit de l'eau qui s'écoule.

— Plus fort, grogne-t-elle dans mon oreille, ses dents tirant sur mon lobe.

Je gémis et essaye de me concentrer pour la satisfaire et ne pas gâcher ce moment incroyable.

Je soulève ses hanches, ses jambes s'enroulent autour de moi et je la plaque contre le mur de la douche. Elle frissonne et cambre le dos.

— Mon Dieu, c'est froid, maronne-t-elle en me serrant plus fort, plus profondément.

Je dois faire preuve de beaucoup de sang-froid pour ne pas la décevoir.

— Ça n'arrivera plus.

— J'espère que si.

Son souffle chatouille mon cou avant que je ne capture à nouveau ses lèvres.

J'ai essayé d'y aller doucement, de faire tarder ce moment inévitable, mais l'idée de la perdre m'a déchiré de l'intérieur. J'ai brisé tous les protocoles aujourd'hui. Rien de tout cela n'a d'importance, seulement que nous sommes ici maintenant, ensemble.

Mon rythme s'accélère, je m'enfonce plus profondément en elle, j'ai besoin de ne faire qu'un avec elle.

Ses entrailles se resserrent, et je la sens trembler contre moi.

C'est tout l'encouragement dont j'ai besoin. Je libère toute ma fureur en grognant, en me serrant contre son corps, en profitant de ce moment, de son parfum doux et sexy jusqu'aux doux bruits qu'elle fait lorsque nous nous détachons.

Je ne veux pas oublier tout cela, jamais.

Je coupe l'eau et je la porte jusqu'à mon lit, je l'allonge, je me glisse au-dessus d'elle et je la regarde.

— Tu es toute à moi, tache de rousseur.

Je veux la réclamer et la marquer comme mienne pour toujours. Même si je sais qu'elle est en vie et en sécurité dans mes bras, je dois me répéter qu'elle est ici avec moi et que c'est réel.

Son pouce caresse ma mâchoire, et je me penche, frottant mes lèvres contre les siennes, l'écrasant d'un baiser meurtrier. Je ne me suis jamais senti aussi impuissant qu'aujourd'hui, en entendant parler de la prise d'otages et du fait qu'elle était à l'intérieur parce que je l'y avais envoyée.

La culpabilité pesait lourdement sur moi.

Je me retire, les coudes relevés pour pouvoir la regarder tandis que je plaque mes hanches sur les siennes, l'enfonçant dans le matelas, la couvrant de mon corps, la protégeant du monde extérieur.

Sa lèvre inférieure se retrousse entre ses dents.

— Qu'est-ce qui ne va pas ? chuchoté-je, refusant de détourner le regard.

Elle a toute mon attention. Je glisse mon pouce sur sa lèvre, sa mâchoire se détend alors qu'elle relâche son emprise. Réalise-t-elle ce qu'elle a fait ?

— Tu es mon patron.

Elle me regarde fixement, sans bouger. D'une main, elle caresse la barbe de ma mâchoire, et l'autre se pose sur le bas de mon dos.

— Il y a quelques jours, tu as été très clair sur le fait que le sexe était hors limites, que nous ne pouvions pas faire ça et travailler ensemble.

Je roule hors de son corps et m'allonge sur le dos, fixant le plafond avec un soupir.

— Je ne peux pas travailler avec toi et prétendre que tu ne comptes pas pour moi.

Ariella roule sur le côté, remontant les couvertures autour de sa taille. Elle mordille encore sa lèvre inférieure.

Je me penche, j'ai besoin de goûter à nouveau, de savoir qu'elle ne regrette pas ce qu'on vient de faire. Je ne peux pas recommencer à prétendre que nous ne sommes rien de plus que des amis.

L'avoir au bureau m'a rendu fou. J'avais constamment envie d'elle.

Ce baiser est plus doux, alimenté par l'envie et le désir, pas seulement par le besoin et le désir refoulé.

— Qu'est-ce que ça veut dire ? demande Ariella. Je préfère abandonner mon travail plutôt que de t'abandonner.

Mon emprise sur elle se resserre. Les gars me tueraient. Mais je ne la laisserais pas quitter l'entreprise ou me quitter, et être professionnel est trop difficile.

— Tu ne vas pas quitter l'équipe. Tu es l'une des nôtres maintenant.

Elle a fait ses preuves, surtout aujourd'hui, en protégeant Hazel, en la gardant hors des mains des hommes qui voulaient sa mort.

— Qu'est-ce que tu suggères ? demande-t-elle, en me fixant du regard. Ses doigts tapent contre ma poitrine.

Je remonte les couvertures autour de nous, l'enterrant entre moi et la chaleur des couvertures. J'embrasse sa joue, son nez et ses paupières, en la taquinant. Je n'ai pas de grande suggestion. J'ai envie de crier au monde entier qu'elle est à moi, mais j'ai l'impression que c'est trop pour elle. Je ne veux pas la repousser.

— On y va doucement, on garde privé ce qui se passe entre nous, dis-je.

Ce ne sont pas les affaires des autres.

— Tu crois vraiment que tu es capable de garder ce secret ?

Je garde beaucoup de secrets. Cela fait partie du travail. Je sais qu'Ariella peut le faire parce qu'on lui a demandé de faire de même avec la CIA.

— Oui. Pourquoi ? Tu as des doutes ?

Ses yeux brillent d'hilarité et elle glousse en faisant glisser ses hanches sur les miennes. Sa main se glisse entre les draps, me réveillant intérieurement, me faisant me sentir vivant à nouveau.

— Oh, je peux, mais je ne suis pas sûre que le patron grincheux en soit capable.

Je renifle.

— C'est un défi, tache de rousseur ?

Elle me fait me sentir à nouveau comme un adolescent, mon corps réagissant instantanément à son contact.

Je suis sous son contrôle et à sa merci.

―――――

Après avoir passé presque toute la nuit à se satisfaire mutuellement, l'aube se lève. Ariella vient de s'endormir, et je dois me lever pour aller travailler.

Je n'ai pas le cœur de la réveiller. Je l'embrasse, mais je préfère laisser un mot. La dernière fois, tout a terriblement mal tourné pour nous, et même si je ne pense pas que ma maison est sur le point de brûler, je n'ai pas non plus besoin de risquer une grande catastrophe.

Je l'embrasse doucement sur la joue.

Elle remue, les yeux toujours fermés, et tend le bras contre le matelas pour me chercher. Je suis debout, habillé et prêt à partir.

— Dors bien. Je passerai avec le déjeuner et je t'amènerai au bureau vers midi. Juste pour cette fois, tu peux arriver en retard, sur ordre du patron.

Ses yeux s'ouvrent paresseusement.

— Tu es sûr ? Je ne veux pas de traitement spécial.

— Vraiment ?

Je la regarde avec un sourire en coin et je me penche pour l'embrasser à nouveau.

— Ce n'est pas ce que tu gémissais la nuit dernière.

Ses yeux se ferment paresseusement, mais le sourire ne quitte pas ses lèvres. Elle gémit doucement.

— Ouais, tu as raison. Mais ne le dis pas aux autres, tu te souviens ?

— Tu as ma parole.

Je garderais notre petit secret entre nous, au moins jusqu'à ce que je sois sûr que les gars ne la feront pas chier.

Je peux supporter qu'ils me harcèlent. Ce que je ne veux pas, c'est qu'ils me mettent la pression pour mettre fin à notre relation ou la licencier.

Je dépose un dernier baiser sur son front avant de sortir discrètement de la chambre et de fermer la porte. Je me précipite dans la cuisine, ayant besoin d'une bonne tasse de café pour rester éveillé.

— Bonjour, dit Skylar.

Elle est assise à la table de la cuisine et lit le journal.

Je traverse la cuisine, attrape une tasse et me verse une tasse de café fumant. Déjà, je peux sentir l'arôme agréable et j'ai envie de le goûter.

J'ai besoin de cette première tasse pour me réveiller. La dernière chose que je veux est de sortir de la route sur le chemin du travail.

Izzie fait la grasse matinée, ce qui est inhabituel, sauf après une journée épuisante.

Je n'ai pas passé assez de temps avec ma fille dernièrement, et je passerais plus de temps avec Skylar si elle déménage à Breckenridge.

— Vous êtes ensemble maintenant ? demande Skylar. Je vous ai entendu toute la nuit faire grincer le lit. J'ai dû mettre des écouteurs pour couvrir le bruit.

Je lève ma tasse à mes lèvres et prends une longue gorgée de mon café.

J'essaye de cacher le sourire qui est collé sur mon visage. Peut-être que le sexe bruyant la fera quitter ma maison plus rapidement.

— Quoi ? demandé, en faisant semblant de ne pas l'avoir entendue.

J'essuie mon sourire et pose la tasse sur le comptoir.

— Vous avez fait du bruit toute la nuit, dit Skylar. Ce n'est pas une question.

— Papa ! crie Izzie, descendant les dernières marches à grands pas.

Ses cheveux sont emmêlés, et elle porte encore son pyjama, mais elle est toute mignonne.

— Bonjour, ma petite fille.

Je la prends dans mes bras et la fait tourner autour de moi, lui donnant des câlins et des bisous. Elle m'a tellement manqué et j'ai dépendu de Skylar plus que je ne veux l'admettre.

— Faire du bruit, papa. Je veux faire du bruit.

Le visage de Skylar devient rouge, et elle baisse la tête, couvrant son visage avec ses mains.

— Tu ne dois pas dire ça Izzie.

Elle est assez intelligente pour comprendre que ce n'est pas quelque chose de correct à dire. Je n'ai pas besoin d'élaborer, elle n'a, après tout, que trois ans.

— Viens. On va t'habiller.

Je la dépose sur le sol, et elle attrape ma main, me tirant pour la suivre à l'étage.

Je fais de mon mieux pour rester silencieux, ne voulant pas réveiller Ariella.

En suivant Izzie dans sa chambre, j'allume la lumière et me dirige vers la commode en vitesse. Je dois aller au bureau et découvrir ce qui se passe avec Mason et Hazel.

Est-ce qu'ils vont bien ?

Je devais rencontrer Franco hier, mais après avoir été retenu à la station, je me doute qu'il passera aujourd'hui. Nous ne devons plus l'avoir comme client. Je ne m'attendais pas à tomber sur la mafia en effectuant mes recherches sur lui.

Nous avons eu affaire à des criminels dans le passé, des cas de violence domestique et des délinquants, mais la mafia, c'est nouveau. Je veux discuter de la façon dont nous allons gérer ça avec les gars avant que Franco ou ses hommes de main ne se présentent à Tactique de l'Aigle. Nous avons besoin d'un plan. Leur dire qu'on ne va pas accepter le boulot ne semble pas suffisant.

J'ouvre les tiroirs de la commode, récupérant une tenue pour Izzie. Alors que je suis en train de l'habiller, mon téléphone portable sonne.

Je réponds à l'appel et le porte à mon oreille en me servant de mon épaule.

— Hey, je serai bientôt au bureau dis-je, ayant reconnu le numéro de Declan sur mon téléphone.

— Tu as vu les nouvelles ce matin ? demande-t-il.

Mon estomac se noue.

— Non. Est-ce que tout va bien ? Est-ce que Mason s'est enregistré ?

Je n'ai pas parlé avec lui de l'endroit où il emmène Hazel, mais je suppose que c'est la propriété de son oncle dans le Dakota du Nord. L'équipe s'y est réunie pour une retraite à plusieurs reprises.

— Mason va bien, pour autant que je sache. C'est à propos d'Ariella, dit Declan.

Je me dépêche d'habiller Izzie et je jette un coup d'œil à la chambre située de l'autre côté du couloir.

— Quoi ?

Y a-t-il un autre secret qu'elle n'a pas divulgué ?

Combien de mensonges pourrais-je encore supporter ?

— Tu te souviens de Benjamin Ryan ?

— Oui, c'est son ex-mari, dis-je.

Je le connais. Ce salaud m'a volé toutes mes économies.

— Le procureur a abandonné les charges contre lui, et il a été libéré de prison, dit Declan. Il s'avère qu'il y a des preuves qu'il ne pouvait pas être impliqué puisque la piste numérique mène à une connexion dans un autre état en dehors de New York. Il y a une interview aux infos demandant ce qu'il compte faire de sa vie.

J'avale la boule dans ma gorge. Izzie est habillée, mais ses vêtements ne vont pas. J'étais trop occupé à écouter Declan pour m'en rendre compte.

— Tu aimes me laisser dans le fou ?

Je fais la grimace et je prends sa main, la conduisant hors de sa chambre et dans la cage d'escalier.

— Il revient pour réclamer sa femme, Ariella Ryan.

CHAPITRE DIX-HUIT

Hazel

J'ai gardé la tête baissée et évité de jeter un coup d'œil à Franco pendant la prise d'otages. Je peux encore sentir son haleine putride de quand il m'a embrassée avant de me jeter à l'arrière de sa voiture.

Je n'ai aucune idée de la destination de Mason et moi. Nous roulons déjà depuis des heures, et je me suis endormie depuis un moment. Le confort du véhicule et le fait de pouvoir me détendre ont suffi à me faire succomber au sommeil.

Je frotte mes paupières et je remue, me déplaçant dans le camion.

Il fait encore nuit dehors. Je jette un coup d'œil à l'horloge du véhicule. Il est un peu plus de minuit.

— Comment tiens-tu le coup ? demande Mason.

— Je suis juste fatiguée, sinon je vais bien.

Mes doigts jouent avec le collier en or blanc, tirant sur la chaîne, la faisant tourner sur mon index.

— Nous sommes presque arrivés. Dès que nous serons à l'intérieur, je nous préparerai quelque chose de léger à manger avant de nous coucher.

— Je n'ai pas très faim.

Bien que mon estomac grogne le contraire, je ne pense pas pouvoir manger grand-chose. Les événements des deux derniers jours ont été épuisants, et sans beaucoup de sommeil, la pensée de la nourriture n'est pas attrayante.

Il conduit sur une route de gravier, soulevant de la terre et de la poussière dans son sillage. Où diable m'a-t-il emmené ? Ont-ils une maison sécurisée ?

Mason ne dit pas un mot, il garde son attention sur la route pendant les derniers kilomètres jusqu'à ce que nous nous arrêtions devant une maison rustique, à deux étages, dans une ferme.

— Nous ne sommes plus dans le Montana, n'est-ce pas ?

Je n'ai pas vu de montagnes, mais il fait nuit.

— Dakota du Nord. Mon oncle possède la ferme et des hectares de terrain par ici. Il a beaucoup de place, mais il n'est pas très gentil avec les étrangers. Ce serait mieux si on faisait semblant d'être un couple.

Je renifle. Il ne peut pas être sérieux.

Il coupe le moteur et déverrouille la porte du camion.

— C'est une blague. C'est ça ? demandé-je en sortant du véhicule, le suivant jusqu'à la porte d'entrée.

Je n'ai pas de vêtements ou de possessions avec moi, à l'exception des vêtements sur mon dos. Tout ce qu'Ariella a eu la gentillesse de m'acheter est à la station.

Sa main tombe dans le bas de mon dos alors qu'il m'accompagne sur les marches du porche. — Je suis sérieux. Si nous voulons rester ici, nous devons le convaincre que nous sommes sérieux l'un envers l'autre.

— Super, marmonné-je dans mon souffle.

Ce n'est pas que je n'ai plus de sentiments pour Mason, bien au contraire.

Je me suis pratiquement jetée sur lui tout à l'heure, et il m'a repoussée parce qu'il est préoccupé par quoi, sa réputation ?

Je traîne les pieds quand je sens le poids de sa main contre le bas de mon dos. Son contact est ferme et possessif, et en toute autre circonstance, j'aurais volontiers prétendu être sa petite amie. Je n'ai pas le cœur à le faire aujourd'hui, ni l'endurance pour être quelqu'un d'autre.

L'épuisement m'envahit, et je trébuche alors que je me tiens sur un pied instable.

Le bras de Mason s'enroule autour de ma taille.

— Whoa. Tu vas bien ?

Il me serre contre lui.

Je hoche la tête et je me frotte les yeux.

— Je suppose que je ne me suis pas complètement réveillée.

C'est un mensonge.

Je souffre quand je ne dors pas, et je n'ai pas eu de nuit de sommeil décente depuis deux jours.

— On va bientôt te mettre au lit, dit Mason.

Son souffle contre mon cou fait passer un frisson dans tout mon corps. J'espère qu'il ne peut pas sentir ma réponse. Il me serre contre lui alors qu'un chien, de l'autre côté de la porte, aboie abondamment et que des pas lourds se font entendre pour déverrouiller la porte.

Cela prend un certain temps, et finalement, il tire la porte en bois, la contre-porte toujours fermée et verrouillée.

— Mason ?

L'homme a trente ans de plus que Mason, mais ils se ressemblent tellement dans les yeux, la mâchoire, même la carrure. Ils pourraient presque être frères.

— Que fais-tu ici au milieu de la nuit ?

Il déverrouille la contre-porte.

L'étranger me lance un regard furieux mais nous laisse entrer.

Un chien brun et blanc de race mixte m'accueille avec enthousiasme, sautant, remuant la queue.

— Couché, Bear ! ordonne-t-il ;

Bear doit peser trente-cinq kilos de pur muscle, avec une belle couleur et des taches brunes sur son visage blanc. Son nez est d'un brun doré assorti à sa fourrure.

— Elle est magnifique, dis-je en lui caressant la tête, et elle s'appuie contre moi pour plus de caresses et de câlins.

Mason serre son oncle dans ses bras. Je gémis, le contact et l'emprise de Mason sur moi me manquant déjà. Il s'empresse de me serrer dans ses bras avant d'enrouler son bras autour de ma hanche et de me serrer contre lui.

Essaye-t-il de convaincre son oncle que nous sommes un couple ?

— Bear t'aime bien, dit son oncle. Elle n'aime pas beaucoup de gens.

J'ai du mal à le croire vu son caractère, mais peut-être qu'il n'y a pas beaucoup de gens qui viennent à sa ferme.

— Oncle Jeb, voici ma petite amie Hazel, dit Mason. On avait prévu d'appeler, mais tu sais comment est le réseau par ici.

L'oncle Jeb fait un geste dédaigneux de la main.

— Il vaut mieux ne pas utiliser les téléphones. Tu sais que ces choses sont constamment surveillées. Plus personne n'a de vie privée.

Il ferme et verrouille la porte d'entrée derrière nous. Il y a plusieurs serrures sur la porte.

— Tu ne m'as pas dit que tu avais une petite amie, dit l'oncle Jeb.

Mason me serre contre lui. La chaleur de son corps se dégage de lui et se répand sur moi. Je me penche sur son toucher et sa forte étreinte.

— Nous avons récemment repris contact, dit Mason. On s'est connus à l'internat, on est sortis ensemble quand on était jeunes.

Les yeux de l'oncle Jeb s'éclairent.

— Je me souviens d'Hazel. Elle était la meilleure chose qui te soit arrivée. Elle t'a évité les problèmes.

C'est ce qu'il disait à sa famille quand il parlait de moi ? Je pose une main sur sa poitrine. Ce n'est pas difficile de tomber dans le rôle de sa petite amie. Je veux être à lui.

— Mason est aussi la meilleure chose qui me soit arrivée à l'internat.

Je n'essaye pas de flatter Mason ou son oncle. Je ne fais que dire la vérité.

Mason enlève son manteau et ses chaussures, les laissant dans l'entrée de la maison. Je fais de même, suivant son exemple.

— J'espère que cela ne te dérange pas, mais nous n'avons rien mangé. J'espérais pouvoir préparer quelque chose dans la cuisine avant de me coucher, dit Mason.

— Tu es mon invité. Ma maison est ta maison, fils. Je vais changer les draps dans la chambre d'amis pendant que tu prépares quelque chose à manger pour ta dame.

Mason attrape ma main et me demande de le suivre dans le couloir et dans la cuisine.

Il appuie sur l'interrupteur, baignant la cuisine de la lumière des ampoules au plafond.

Je grimace et ferme les yeux, essayant de m'adapter.

Mason actionne un autre interrupteur, n'éclairant que la moitié de la cuisine.

— C'est mieux ?

— Merci.

Je lâche sa main et me dirige vers le comptoir pour m'asseoir sur l'un des tabourets.

— Je ne sais pas si je peux manger mais dormir, ça je peux le faire.

J'étouffe un bâillement. Rien que de parler de sommeil me fatigue encore plus.

— Je te promets que je te mettrai au lit dès que nous aurons fini de manger.

Je pousse une mèche de cheveux derrière mon oreille. Mason me regarde fixement, ce qui me donne des frissons. Va-t-il vraiment me border dans le lit, ou dit-il cela pour le bénéfice de son oncle ?

Son oncle Jeb ne nous a pas suivis dans la cuisine, mais cela ne veut pas dire qu'il n'écoute pas. Il est juste une pièce plus loin, dans le couloir. Je ne sais pas où se trouve la chambre d'amis dont il a parlé.

Appuyant mes coudes sur le comptoir et ma tête dans mes mains, j'essaye de rester éveillée.

— Tu vas t'endormir dans ta nourriture comme Izzie, n'est-ce pas ? dit Mason, avec un énorme sourire sur le visage.

Je ne sais pas qui est Izzie ni à quoi il fait référence.

— Quoi ?

— La fille de Jaxson.

Il secoue la tête, le sourire ne quittant jamais son visage.

— Tu me rappelles juste quelqu'un quand tu es endormie.

Je marmonne, incapable de répondre par des phrases complètes. Je veux juste dormir. Je ferme les yeux pendant une brève seconde, juste pour me détendre, quand je sens un bras chaud dans mon dos et je saute sur mon siège.

— Détends-toi, dit Mason.

Il enroule un bras autour de mon épaule.

— Je nous ai fait un sandwich. J'aimerais que tu manges quelque chose avant que nous nous glissions sous les couvertures.

J'avale la boule dans ma gorge. Allons-nous vraiment partager un lit ? Quelques heures plus tôt, j'en avais envie, mais il m'a repoussée. Maintenant nous sommes coincés à prétendre que nous sommes follement amoureux et ensemble.

— Allez. Tu dois manger quelque chose.

Mason se fait un sandwich également. Il s'assoit sur le tabouret à côté de moi et prend une bouchée de son beurre de cacahuète et de sa gelée.

Je jette un coup d'œil au sandwich au beurre de cacahuètes et à la banane qu'il a fait pour moi. Quand nous étions enfants, c'était mon préféré. Il s'en souvient. Je n'ai pas faim, mais je porte le pain à mes lèvres et je prends une bouchée pour l'apaiser.

Il me faut une éternité pour finir le sandwich. Les yeux lourds, je termine la dernière bouchée et avale un verre d'eau.

— Je te promets que demain, je nous préparerai quelque chose d'un peu plus nourrissant, dit Mason.

Il fait la vaisselle, lavant nos deux assiettes dans l'évier.

Je me lève, vacillant à cause du manque de sommeil.

— Je peux aider à essuyer la vaisselle.

Je contourne le comptoir jusqu'à l'évier et j'attrape un torchon, séchant les assiettes après qu'il les lave.

— Merci, dit Mason. Dès que nous aurons terminé, je t'emmènerai à l'étage et te mettrai au lit.

Je me lèche les lèvres. A-t-il l'intention de partager un lit avec moi ? Je ne suis pas sûre du degré de tradition de son oncle, comment il prendrait le fait que nous dormions dans la même chambre.

— Quoi ? demande-t-il ;

Je secoue la tête, un sourire fatigué sur le visage.

— Je n'ai rien dit.

— Non, mais tu le penses.

— Comment sais-tu ce que je pense ? Depuis quand lis-tu dans les pensées ?

Il coupe l'eau pendant que j'essuie la dernière assiette et la pose sur le séchoir. Je ne sais pas où aller pour ranger la vaisselle.

Mason prend le torchon, le plie, puis me prend la main et m'entraine dans la cage d'escalier. Sans mot dire, je le suis, prête à dormir là où il me mettra.

Arrivés en haut de l'escalier, il ouvre la deuxième porte à droite, allume la lumière et me fait entrer.

Un seul matelas grand format est appuyé contre le mur. Une couette est tirée en arrière, et plusieurs oreillers ont été gonflés et positionnés pour les invités.

— Où dors-tu ? demandé-je.

Il ferme la porte de la chambre.

— Avec toi, bien sûr.

Il fait passer son t-shirt par-dessus sa tête, puis défait la boucle de sa ceinture, la libérant.

Je reste là, figée, à le regarder se déshabiller.

Est-ce qu'on partage vraiment un lit ensemble ? Nous avons dormi l'un à côté de l'autre des dizaines de nuits, nous nous glissions dans nos dortoirs respectifs au risque d'être expulsés, mais le nombre de fois où nous avons réellement fait l'amour, je peux le compter sur les doigts d'une main.

Il ouvre la commode et me jette un t-shirt.

— Tu peux le porter au lit si tu veux. C'est le mien. J'ai laissé quelques trucs ici au cas où je rendrais visite à oncle Jeb.

— Tu amènes toutes tes copines ici ? demandé-je.

Je n'ai pas l'intention de passer pour une jalouse, mais la façon dont Mason a insisté sur le fait que son oncle ne me ferait pas confiance si nous n'étions pas ensemble, je trouve cela troublant.

— Tourne-toi, dis-je.

— Quoi ?

— Je ne vais pas me déshabiller devant toi. Tourne-toi.

Mason roule des yeux, puis se retourne pour faire face à la porte.

Je me déshabille rapidement de mes vêtements, qui se trouvent être le sweat de Mason que j'ai mis plus tôt pour ne pas attirer l'attention sur moi. Je me glisse dans son t-shirt et je garde ma culotte avant de me glisser sous les couvertures.

— Ok, tu peux te retourner.

Il enlève son jean et plie ses vêtements, laissant ses affaires sur la commode avant d'éteindre la lumière et de se diriger vers le lit avec seulement un caleçon.

Est-ce que la chambre s'est réchauffée ?

— Tu n'as pas répondu à ma question, dis-je.

Mes yeux ne quittent pas son corps. Il est sexy à moitié nu, et il est incroyablement beau avec ses vêtements. C'est étonnant qu'une femme ne lui ait pas déjà fait la cour.

— A propos des petites amies ? Tu es la seule personne que j'ai amenée ici qui ne soit pas un de mes potes militaires, ou les gars de Tactique de l'Aigle.

Mason se glisse sous les couvertures, me laissant tout l'espace nécessaire de mon côté du lit.

C'était un professionnel. Même en partageant un lit et en faisant semblant d'être ensemble, il garde ses mains pour lui.

Je gémie et me retourne, agitée dans le lit.

— Qu'est-ce qui ne va pas ?

Je trouve la voix de Mason incroyablement apaisante.

Sa main se tend, effleurant ma poitrine avant de se poser sur mon côté. Un accident dans l'obscurité, ou a-t-il voulu me toucher intimement ?

— Mis à part le fait que je suis épuisée ?

— C'est normal. Dors un peu, dit-il.

Ses lèvres effleurent ma joue et déposent un baiser doux et léger sur ma peau.

— Tu n'as pas besoin de faire semblant ici. C'est juste toi et moi.

Son oncle ne peut pas nous voir dans l'intimité de la chambre. Il n'a pas à prétendre qu'il veut être avec moi. Il m'a déjà rejeté une fois aujourd'hui. Je ne vais pas me jeter sur lui à nouveau.

— Je ne ferais jamais semblant. Je veux dire en dehors d'oncle Jeb, mais c'est juste parce qu'il est paranoïaque à propos du gouvernement et de ce que je fais pour vivre.

Soupirant, je me recroqueville sur le côté, les yeux fermés. Je ne sais pas combien de temps encore je vais rester éveillée.

— Il n'a pas tort. Je veux dire à propos de ce que tu fais, le danger qui te suit partout.

Je fais partie de ce danger, je risque sa vie, je l'appelle à l'aide pour faire face à Franco.

Serais-je un jour capable de vivre à nouveau ma vie de façon normale, ou serais-je obligée de me cacher ou de bénéficier de la protection des témoins ?

— Je peux me défendre, dit Mason. De plus, rien ne va t'arriver tant que je suis avec toi.

Il est si confiant dans sa réponse. Je trouve du réconfort dans ses mots. Je me déplace sur le lit, me rapprochant davantage. Bien que je ne tende pas la main pour le toucher, je le frôle, et le fait de savoir qu'il est à côté de moi me met à l'aise.

— Tu fais confiance à Oncle Jeb ?

— Je lui confierais ma vie, dit Mason. Il ne laissera rien t'arriver, non plus. Dors un peu.

Ses lèvres effleurent ma joue une fois de plus avant de m'attirer dans ses bras pour me bercer.

J'ouvre la bouche pour objecter, pour faire remarquer que ce n'est pas professionnel, mais cela me demande trop d'énergie et d'endurance que je n'ai pas pour me battre avec lui. Je le laisse me tenir et me protéger.

Mes jambes s'emmêlent dans les siennes, l'attirant plus près, la chaleur de nos corps éveillant des désirs qui s'intensifient en moi. Je ne peux pas l'avoir. Il n'est pas à moi. Plus jamais.

———

Je me réveille en sursaut. Bear aboie en bas. Mon corps se fige, les lumières sont éteintes, le ciel encore sombre.

Je ne sais pas quelle heure il est, mais je me sens beaucoup mieux, plus reposée. J'ai dormi pendant un moment.

Je tends la main vers Mason, mais il n'est pas dans le lit avec moi.

— Mason ? murmuré-je dans l'obscurité, incapable de le voir.

Il ne répond pas. Peut-être qu'il est en bas et qu'il a fait peur à Bear ?

Un bruit de coup de feu éclate en bas.

CHAPITRE DIX-NEUF

MASON

Je suis réveillé en sursaut, mais par quoi, je ne suis pas sûr. Hazel dort profondément, recroquevillée sur le côté.

Je me détache de son emprise et j'attrape mon arme sur la commode, cachée sous mon pantalon.

Je sors de la chambre, et oncle Jeb est dans le couloir, fusil à la main.

Ses yeux, serrés et étroits, sont concentrés sur la même chose que moi, à l'écoute de ce qui nous a réveillés tous les deux.

Mon oncle a servi dans les Marines il y a de nombreuses années. Je lui fais des signes de la main, ne voulant pas faire de bruit.

Un ours hurle en bas, et je me précipite, arme au poing, en descendant les escaliers aussi silencieusement que possible.

Je dois protéger Hazel, et la meilleure façon de le faire est de la garder en haut, hors de danger.

Oncle Jeb suit juste derrière moi avec son fusil de chasse.

Je ne veux pas lui dire qu'il aura besoin de plus de puissance de feu que ça si les hommes qui en ont après Hazel se montrent. Comment l'auraient-ils trouvée ? J'ai été prudent, m'assurant que personne n'avait suivi mon camion.

Y a-t-il un traceur sur le véhicule ou sur Hazel ?

Je lui ai donné le bracelet, mais il n'y a aucune chance qu'ils aient pu pirater notre traceur. J'ai confiance dans notre équipement et les mesures de sécurité que nous avons prises pour assurer sa sécurité.

Bear grogne et aboie. Ce gentil chien a été entraîné à attaquer. Elle a senti le danger autant que nous.

Oncle Jeb arrive sur ma droite tandis que je me place sur la gauche et nous nous dirigeons vers le couloir. Nous laissons les lumières éteintes, à notre avantage. Mon oncle connait sa maison dans le noir, et j'ai passé suffisamment d'étés à la visiter pour en connaître le plan.

Des coups de feu éclatent de tous les angles à l'extérieur, tirant sur la ferme. Je me couche sur le sol pour me mettre à l'abri. Il n'y a nulle part ailleurs où aller. Je rampe sur le ventre vers la fenêtre. Lorsque les tirs cessent après plusieurs longues séries, je lève la tête pour voir ce qui nous attend.

Il y a des dizaines de véhicules avec leurs feux allumés et leurs moteurs en marche juste devant la maison.

J'ai besoin de plus d'effectifs.

Même si je donne une arme à Hazel, ça ne sera pas suffisant. Je me dépêche de remonter les escaliers et j'ouvre la porte.

Elle se tient au milieu de la chambre, en train de s'habiller. J'attrape son bras et la traîne pour qu'elle vienne avec moi.

— Nous devons te faire sortir d'ici. C'est un bain de sang.

Je ne veux pas attendre qu'ils viennent la chercher.

Oncle Jeb tire avec son arme. A chaque tir, il doit recharger, nous faisant perdre un temps précieux.

Les balles traversent la maison, déchirant les murs. Les hommes dehors n'ont pas de fusils ou de pistolets. Ils ont des armes semi-automatiques et n'ont pas à recharger aussi souvent.

Après avoir rechargé, ils visent maintenant l'étage de façon désordonnée, détruisant chaque centimètre carré de la propriété qu'ils peuvent, s'assurant qu'il n'y a aucun survivant.

J'abrite Hazel, je la couvre de mon corps alors que je suis allongé au-dessus d'elle sur le sol. Des fragments de bois et de verre transpercent ma peau.

Mes bras brûlent, et du sang coule de ma joue. J'ignore la douleur. Tout ce qui compte est de la sortir d'ici vivante.

Les tirs cessent, et j'attrape Hazel par le bras, la soulevant sur ses pieds. Elle tremble.

— Nous devons bouger.

Je la conduis en bas des escaliers, ma main dans la sienne, tout en la tirant avec moi et en la gardant près de mon corps.

Les phares des véhicules à l'extérieur éclairent l'intérieur de la ferme à travers les trous de balles.

Oncle Jeb est assis sur le sol, affalé. Du sang s'écoule de sa poitrine et de son cou alors qu'il halète pour respirer.

— Fais-la sortir... d'ici.

— Tout le monde à l'intérieur ! Balayez l'endroit. Je la veux morte ou vive.

Franco crie ses ordres aux hommes à l'extérieur.

Je traîne Hazel avec moi jusqu'à la buanderie. Sous le plancher, il y a une fausse porte. Je tire la planche et ouvre la trappe.

— Vas-y !

Elle secoue violemment la tête et croise ses bras sur sa poitrine. Elle tremble encore plus que tout à l'heure.

Je passe une main sur sa joue. Je ne vois pas de sang sur elle, à part quelques coupures et éraflures dues aux éclats de balles.

— Je ne peux pas.

— Tu dois le faire.

Nous manquons de temps. J'ai besoin qu'elle se cache, et ensuite je dois couvrir la trappe pour la protéger. Je n'ai même pas eu le temps de réfléchir à la façon dont je vais gérer les hommes qui foncent dans la maison.

— Je suis claustrophobe.

— Merde. Alors tu vas devoir courir.

Je prie pour que les hommes entrent par l'entrée de devant et de derrière. Je me précipite vers le côté de la maison, loin des portes, et j'utilise mon coude pour dégager les fragments de verre qui ne sont pas entièrement brisés et qui tombent dans la fusillade.

Je ne vois pas d'hommes, mais je peux les entendre. J'aide Hazel à passer par la fenêtre avec Bear, en espérant qu'elle la protégera.

Les hommes se précipitent à travers la maison, armes tirées. Je me précipite hors de la pièce, ne voulant pas donner l'emplacement d'Hazel à l'un des hommes qui la recherchent.

Un épais accent russe envahit la pièce.

— Où est-elle ?

Oncle Jeb tousse et respire difficilement. Je peux entendre sa lutte.

Je contourne le coin de la pièce et j'épouse le mur, en jetant un coup d'œil pour voir un homme qui surplombe mon oncle.

Un autre homme pousse son pied sur sa poitrine, lui rendant la respiration plus difficile.

Je lève le canon de mon arme et tire plusieurs fois, touchant les hommes avant de m'enfuir dans la maison sombre, me cachant dans la salle à manger.

Les balles explosent dans la ferme, déchirant mon bras et me brûlant comme de la lave. Je grimace et me mords la langue pour ne pas gémir. Personne ne peut savoir où je me cache.

Ce n'est pas ma première blessure par balle, mais ça ne pique pas moins pour autant. Le sang dégouline le long de mon bras, ce qui m'empêche d'utiliser mes deux mains pour viser, et ce salaud a tiré sur mon bras fort.

— On l'a eue ! résonne une voix à l'extérieur.

Je trébuche en avant. Pourquoi ne s'est-elle pas défendue ? Je n'ai pas entendu un seul cri franchir ses lèvres.

De lourdes bottes reculent dans la maison, mais pas avant d'avoir envoyé une dernière salve de balles. Je plonge pour me mettre à l'abri. Une deuxième balle s'abat sur ma poitrine, me projetant au sol, incapable de bouger.

J'essaye de me lever, de me soulever du sol et de me battre. Petit à petit, je me traîne sur le sol de la salle à manger, puis dans le couloir.

Une traînée de sang me suit sur le plancher en bois. Je ne laisserai pas Hazel se faire emmener avec Franco.

Les portes des voitures claquent, et les phares s'éteignent alors que les pneus crissent, et les véhicules s'éloignent de la ferme.

Elle est partie, et c'est ma faute.

Je n'ai pas été capable de la sauver ou de la protéger.

CHAPITRE VINGT

Hazel

Je me glisse par la fenêtre brisée.

Le verre déchire mes pieds. Mes chaussures sont près de la porte d'entrée, et je n'ai aucun moyen de les récupérer avant de fuir la ferme.

Je cours vite et fort, avec Bear à mes côtés, dans l'obscurité, à travers le champ. Respirant difficilement, je trébuche sur un rocher, me cassant l'orteil et atterrissant sur le sol la tête la première.

La saleté couvre mon visage et remplit ma bouche. Je crache et tousse.

Des coups de feu éclatent derrière moi à l'intérieur de la maison. Bear s'enfuit, m'abandonnant en plein champs.

— Mason, chuchoté-je, en fixant la ferme en ruines.

Elle n'est pas encore tombée. La structure semble instable au vu des centaines d'impacts de balles qui jonchent les murs.

J'ai besoin de courir, mais mes pieds sont douloureux et à vif. Mon cœur veut sauver Mason, mais la seule façon de le faire est de me rendre à Franco. Même cela n'assure pas la liberté de Mason.

Une lampe de poche m'éclaire.

— Ne bouge plus ! Ne bouge plus ! me crie une voix bourrue.

Je cours, espérant que l'obscurité me couvre, mais c'est la pleine lune.

Il tire un coup de semonce. La balle siffle à côté de moi.

— Arrête ! La prochaine fois, je ne te raterai pas.

Je m'arrête brusquement, les bras en l'air.

— Ne tire pas. Je vais t'accompagner. Mais laisse mes amis tranquilles.

Ce n'est pas un pacte que je peux faire. Je n'ai aucun moyen de pression. Il a le pistolet sur moi, mais je le dis quand même.

Il grogne, m'attrape le bras et me pousse à le suivre avant de me lâcher et de m'enfoncer l'arme dans le dos.

— Avance plus vite, ordonne-t-il.

Comme nous nous rapprochons, il crie aux autres.

— On la tient !

Je jette un coup d'œil au bracelet en or caché sur mon bras sous le sweat-shirt. Mason me trouvera, en supposant qu'il soit encore en vie.

Je ne peux pas me permettre de penser à ça. C'est un battant, il l'a toujours été, même au pensionnat.

Les hommes tirent à plusieurs reprises sur la ferme, une autre série de balles arrose le bâtiment et les deux hommes à l'intérieur.

Oncle Jeb n'avait pas l'air en forme quand je suis descendue. Nous aurions dû aller le voir, l'aider, le mettre dans le vide sanitaire caché sous la maison.

Mon estomac me fait mal, rongé par la culpabilité.

Si j'avais épousé Franco, rien de tout cela ne serait arrivé.

— Voilà mon petit pétard, dit Franco en marchant dans l'herbe, se dirigeant droit vers moi.

Je veux fuir, mais je ne peux pas bouger. Le pistolet est niché contre ma colonne vertébrale. Mes pieds palpitent, ce qui rend la marche difficile.

Il saisit mes cheveux et tire sur les mèches, relevant ma tête et mon regard, pour rencontrer son expression sévère.

— Plus de course, Hazel. La chasse est terminée.

Il me tire par les cheveux et me pousse à l'arrière de sa voiture, se glissant à côté de moi.

— N'essaie même pas de t'échapper. La sécurité enfants est une fonctionnalité incroyable. Ses genoux sont écartés, occupant un siège et demi.

Je me rapproche le plus possible de la porte opposée, en essayant de me faire petite.

— C'est dommage que tu aies tué ces hommes et les marshals, dit Franco. Je n'aurais jamais pensé que ma femme prendrait part aux aspects désordonnés de l'entreprise, mais il semble que tu sois aussi sale que moi.

— Je n'ai tué personne.

Je ne suis pas la meurtrière.

Il ne peut pas me blâmer pour ce qu'il a fait.

Franco se retourne pour me faire face.

— Tu ne crois pas ça. Je connais ta façon de penser. Tu es plus coupable que moi. Tu lui as tendu la main et tu as scellé son destin.

Son doigt effleure ma clavicule et touche la chaîne en or blanc que mon père m'a offerte, contenant un médaillon en forme de cœur avec une photo de ma mère décédée.

Il arrache le collier de mon cou, baisse la fenêtre et le jette dehors pendant que nous roulons.

— Non ! haleté-je, me sentant à la fois nue et brisée sans la chaîne.

Je ne l'ai pas enlevé depuis des années. Elle était devenue une partie de moi.

— Pourquoi ?

Ma voix se brise.

— C'était de la part de mon père !

Des larmes menacent ma vision. Je n'ai pas pleuré malgré tout ce que j'ai vécu, mais là, on me vole un morceau de moi et on le jette comme un déchet. Je ne peux pas en supporter plus.

— Je sais. Comment crois-tu que j'aie pu te trouver ?

Je ne comprends et je fronce les sourcils alors qu'il me fixe. Je secoue la tête. Va-t-il donner des détails ?

Franco tend son bras et l'enroule autour de mes épaules. J'avale la boule dans ma gorge alors qu'il me serre contre lui et que ses lèvres effleurent mon oreille.

— Ton père voulait s'assurer que tu étais en sécurité. Comment crois-tu que j'aie pu te trouver ? répète-t-il

Je frissonne et m'éloigne, me dégageant de son emprise.

— Il y avait un traceur dans le collier ? Laisse-moi partir.

Je ne veux pas le croire, mais comment Franco a-t-il pu me trouver autrement ? Mason n'a appelé personne quand on a quitté Breckenridge. Nous sommes venues ici sans prévenir.

— Je ne te laisserai jamais partir, chuchote Franco à mon oreille.

Les poils de mes bras se hérissent.

Je m'éloigne, mais sa prise sur mes épaules se resserre.

————

Nous conduisons dans la nuit jusqu'à Chicago. Je reste aussi loin que possible de Franco à l'arrière de la voiture. Au bout d'un certain temps, sa main se détache de mon épaule, et je peux me détendre et m'endormir par à-coups.

Le véhicule s''arrête, et je me réveille.

En frottant le sommeil de mes yeux, je reconnais la maison fermée. C'était la maison de mon père avant qu'il ne meure et ne la laisse à Nikolaï.

— Qu'est-ce qu'on fait ici ?

Franco ne me répond pas.

Le chauffeur ouvre la fenêtre, tape un code et s'avance jusqu'à l'entrée avant de couper le moteur et de sortir.

Il ouvre la porte à Franco.

Franco sort de la voiture, tend la main, m'attrape le bras, et me traine dehors avec lui.

— Lâche-moi.

J'essaye d'échapper à son emprise, mais il ne me libère pas.

Il n'y a nulle part où fuir, même si je parvenais à m'échapper. La clôture en fer forgé est pointue, assurant que personne ne peut entrer ou sortir. Sans compter que mes pieds sont gonflés et écorchés par le verre sur lequel j'ai marché la nuit dernière dans ma quête de liberté.

Victor, l'un des plus vieux amis de mon père, sort par la porte d'entrée et descend les escaliers. Il a des cheveux blancs clairsemés et est maigre comparé à Franco.

— Nikolaï n'est pas là, dit Victor.

— Bien. Nous allons attendre.

Franco relâche son emprise sur moi, et je m'éloigne davantage pour ne pas être happée par lui.

Je frotte mes bras meurtris et je quitte le ciment pour laisser mes pieds endoloris s'enfoncer dans l'herbe. Je ne me soucie du fait que ce soit l'hiver. La brise froide m'engourdit, aidant à soulager la douleur que je ressens dans tout mon corps, la piqûre brûlante contre ma peau à vif.

— Ça peut prendre un moment avant qu'il ne revienne. Nikolaï est allé à Breckenridge quand il n'a pas réussi à te joindre, dit Victor.

Mes bras se blottissent contre ma poitrine tandis que je frissonne et que je jette un coup d'œil en arrière vers la voiture. Au moins, l'abri du véhicule et le siège m'apportaient du confort.

Y a-t-il une chance que le conducteur ait laissé les clés sans surveillance, et que je puisse voler la voiture et m'enfuir ?

C'est un vœu pieux.

— Entrez, dit Victor. Je vais appeler Nikolaï pour lui faire savoir que vous êtes tous les deux arrivés.

Le chauffeur remonte dans le véhicule et démarre le moteur, me laissant suivre Franco et Victor à l'intérieur. Je ne sais toujours pas pourquoi nous sommes ici, mais je me doute que Nikolaï ne sera pas content de me voir.

Du sang séché recouvre mon corps, et sous la lumière du matin, il y a des taches de sang sur mes bras, mes mains et mes pieds.

Je boite pour monter l'escalier en bois et entrer dans le foyer.

Franco se penche et a renifle mon cou.

Je frissonne et grimace, dégoûtée.

— Trouve-toi une salle de bains. Aucune de mes femmes ne sera aussi sale, dit-il en me tirant par les hanches.

Il me serre contre son corps.

— Rafraîchis-toi pour moi. J'aime les filles qui sentent bon.

J'ai envie de vomir.

— Je vais appeler Nikolaï. Franco, assieds-toi. Fais comme chez toi, dit Victor.

Soulagée lorsque Franco relâche son emprise sur moi, je me dépêche d'échapper à ses griffes et de monter les escaliers. La douleur déchire mes pieds, mais je garde un rythme accéléré. Je veux m'enfuir, et je ne suis pas capable de courir avec de petits éclats de verre encore incrustés dans la plante de mes pieds.

La maison sent le moisi et le vieux. Si l'intérieur n'a pas beaucoup changé depuis que Nikolaï a pris possession de la propriété, elle empeste.

Combien d'hommes a-t-il tué dans sa maison ?

Je boitille jusqu'à la chambre de mon enfance et j'ouvre la porte. Je trébuche à l'intérieur, mes pieds laissant une trace de sang frais sur le tapis parfaitement blanc.

J'ignore les taches et le désordre en m'approchant de mon placard. J'ai passé de nombreuses nuits dans la chambre, et pas seulement pendant mes années d'enfance.

Je récupère une robe pull et des leggings noirs dans la commode, ainsi que des sous-vêtements.

Je me précipite dans la salle de bain la plus proche. Il n'y a pas de verrou sur les portes, pas de réelle intimité, juste un semblant. Je dois être sûre que personne n'envahira mon espace personnel. Il n'y a pas de meubles à glisser devant la porte.

Quand j'étais enfant et que je vivais dans la maison géante, ça n'avait pas d'importance. Personne ne franchissait la porte de la salle de bains, mais maintenant, sachant que Franco peut entrer de force sur un coup de tête, j'ai mal au ventre.

Je me déshabille et je mets la douche en marche, laissant la vapeur imprégner la salle de bain pendant que je récupère une pince à épiler dans l'armoire à pharmacie.

Je m'assois sur le couvercle fermé des toilettes, soulevant une jambe à la fois pour enlever le verre ou les débris enfouis dans la plante de mes pieds.

Je respire bruyamment par la bouche et grimace en attrapant les échardes de bois et les éclats de verre qui se sont glissés sous ma peau.

— Un de moins.

Je travaille assidûment sur mon autre pied avant de grimper finalement sous le jet chaud de la douche.

En regardant l'eau, le jet clair à mes pieds devient marron et rouge alors que je lave les restes de la veille.

Ce qui ne disparait pas, c'est la douleur, l'inquiétude pour Mason et son oncle. Je n'ai pas enlevé le bracelet, le gardant contre ma peau. J'espère qu'il peut être mouillé, mais c'est trop tard. Je l'ai déjà laissé sous le jet de la douche.

Je ne peux pas l'enlever. Et si Franco entre en trombe dans la salle de bains et prend mes vêtements et mon bracelet ? Nous ne resterons pas plus de quelques heures dans cette maison, quel que soit le temps qu'il faudra à Nikolaï pour revenir.

Nous avons fait plus de quatorze heures de route, mais mon frère a un avion privé. Je m'attends à ce qu'il ait pris l'avion jusqu'au Montana puis qu'il soit rentré chez lui.

Pourquoi a-t-il fait tout ce chemin jusqu'à Breckenridge ? Qu'est-ce qu'il espérait faire, me convaincre de rentrer avec lui ?

Mon frère est le plus gros connard de la planète, avec un complexe de supériorité. Il est aussi la raison pour laquelle je n'ai jamais fini en Californie. Mon père a dépensé l'argent destiné à mes études pour Nikolaï. Il m'a aussi dit que c'était trop dangereux pour moi d'être en dehors de Chicago et m'a gardé prisonnière, mais je ne l'étais pas, pas complètement.

On me donnait la permission d'aller et venir de la propriété. Je croyais que j'étais libre, mais c'était une imposture. Le collier qu'il m'a donné permettait de me localiser. Je n'étais jamais seule, même quand je le voulais.

Mon père m'avait aidé à trouver mon premier emploi dès la fin du lycée. La plupart des personnes qui n'avaient qu'un diplôme d'études secondaires commençaient par décrocher un emploi dans le commerce de détail ou un travail peu rémunéré, quelque chose d'entrée de gamme et de banal.

L'eau me lève, me nettoyant de mes péchés. J'ouvre la bouteille de shampoing et j'en mets une bonne dose dans ma main avant de me faire mousser les cheveux.

Je n'avais jamais eu de poste de débutant typique. Je voulais aller à l'université pour faire du graphisme, et mon père m'avait dit d'envoyer mon CV à la West Marketing Firm. J'ai fait exactement ce qu'il m'a demandé et j'ai été embauchée à mon premier entretien en tant que responsable marketing.

Deux mois plus tard, j'ai été promue directrice du marketing lorsque mon patron a mystérieusement disparu.

Avec le recul, tout est suspect, les employés, les clients, ils sont tous les amis et la famille de Nikolaï, des partenaires commerciaux d'une manière ou d'une autre. Je ne le savais pas quand j'avais 18 ans.

J'avais été naïve et stupide en croyant que tout ce que papa disait était vrai.

Mon père m'avait menti et m'avait fait croire que j'occupais un poste dans une entreprise prestigieuse dès la sortie du lycée parce que j'avais un talent brut.

Je rince la mousse de mes cheveux et savonne chaque centimètre de ma peau.

La porte de la salle de bains s'ouvre d'un coup sec, et une rafale de vent froid suit l'intrus.

— Sors ! crié-je en tirant le rideau autour de moi, cachant à la fois mon corps et mon bracelet.

Le rire noir de Franco envahit la salle de bain.

— Pas la peine d'être timide avec moi. Nous allons être mari et femme.

— Il faudra me passer sur le corps.

— On peut arranger ça.

Il s'approche, envahissant mon espace personnel, et attrape ma mâchoire, me forçant à regarder dans ses yeux sombres et sans âme.

— Tu es resté ici assez longtemps. Habille-toi et descends.

Il relâche son emprise sur moi.

Je pousse un soupir de soulagement.

— Tu as cinq minutes. Si tu continues, je sors la canne. Tu vas découvrir la beauté de la discipline et de la soumission.

— Je ne me soumettrai jamais à toi.

Franco me donne un coup de poing sur le visage.

Ma joue pique, et mes yeux se ferment sous le choc initial et la douleur. Personne ne m'a jamais frappé auparavant, certainement pas au visage.

— Nous avons le reste de notre vie ensemble, dit Franco, me rappelant que je suis à lui.

Son téléphone vibre dans son pantalon, et il fait un pas en arrière.

J'arrête la douche, lui faisant signe de sortir de la salle de bain.

— Nikolaï, oui, j'ai retrouvé ta sœur. Une vraie petite peste, dit Franco au téléphone.

Je ne bouge pas de ma position dans la baignoire, debout avec le rideau autour de mon corps, attendant qu'il sorte de la salle de bain pour que je puisse avoir un peu d'intimité.

— Je vois. Oui, c'est ça. Très bien, dit-il en souriant. Je te verrai tout à l'heure.

Il raccroche le téléphone et le remet dans sa poche.

— Sors !

Ses yeux se rétrécissent alors qu'il se penche plus près, son souffle pourri me frappant au visage.

— Je n'ai pas d'ordres à recevoir de toi.

Il pousse ses lèvres sur les miennes, forçant sa langue dans ma bouche.

Je garde mes lèvres fermées et j'essaye de reculer, mais il n'y a pas beaucoup d'endroit où courir avec le rideau de douche attaché.

Il glisse sa main à l'intérieur du rideau, tâtant ma poitrine.

— Je devrais inspecter complètement la marchandise avant de l'acheter, dit Franco avec un sourire en coin. Je

devrais m'assurer que j'ai exactement ce pour quoi j'ai
payé.

CHAPITRE VINGT-ET-UN

JAXSON

— Bonjour, dit Declan en entrant dans mon bureau.

Il se perche sur le bord de mon bureau.

— Sur quoi travailles-tu ?

Je ne lève même pas les yeux quand il entre dans la pièce.

Je laisse échapper un lourd soupir et passe une main dans mes cheveux.

— J'essaie de mettre la main sur Mason. Après la journée que nous avons passée hier, j'ai pensé que ce serait une bonne idée d'essayer le téléphone satellite.

— Il n'a pas répondu ? demande Declan, le sourcil serré alors qu'il se lève et vient voir ce que je fais sur l'ordinateur.

— Non, il n'a pas répondu. S'il avait décroché quand j'ai appelé, je ne me serais pas autant inquiété. J'ai essayé d'appeler son oncle puisque je suis sûr que c'est là qu'il est allé, mais il ne décroche pas non plus.

— On parle d'oncle Jeb. Ce n'est pas une surprise. L'homme a probablement arraché sa ligne téléphonique. Tu sais à quel point il est paranoïaque.

Je glisse de mon bureau et me lève.

— C'est vrai.

Je quitte le bureau en direction du couloir où se trouve la cafetière. J'ai besoin d'une bonne tasse de café pour passer la journée.

— J'ai juste un mauvais pressentiment. Mason aurait dû nous contacter. Je ne suis pas content qu'il ait pris Hazel et quitté la ville sans rien nous dire.

Aiden s'avance dans le couloir, les bras croisés alors qu'il s'appuie contre sa porte ouverte, écoutant et réfléchissant sur ce que nous disons.

— Vous pourriez appeler le bureau du shérif local et leur demander de faire un contrôle de santé.

— Ça passera très bien, surtout avec oncle Jeb, dis-je.

Declan verse une tasse de café et l'apporte à son bureau.

— Je peux pirater les vidéos de surveillance et voir si quelque chose semble suspect.

Ce serait au moins un début. Ce n'est pas quelque chose que je suis capable de faire.

— Merci, dis-je.

Cinq minutes derrière l'ordinateur, et Declan pirate les images satellites et zoome sur la ferme.

— Merde, marmonné-je dans mon souffle en me tenant par-dessus son épaule. L'extérieur est en désordre. Il est difficile de dire l'étendue des dégâts que la ferme a subis, mais la structure ne semble pas stable.

— Je vais nous faire transporter par hélicoptère, dit Aiden en se dépêchant de retourner à son bureau et de passer des appels téléphoniques.

Nos relations avec les autorités locales et nationales sont souvent utiles. Nous avons quelques amis qui sont fédéraux, et alors que nous les aidons habituellement, cette fois-ci, nous leur demandons leur aide.

Je contacte le bureau du shérif du comté où se trouvent Mason et Oncle Jeb. Ils envoient une équipe pour vérifier la situation pendant que nous organisons le transport sur les lieux.

———

Avant l'arrivée de notre hélicoptère, nous recevons un appel du bureau du shérif du comté du Dakota du Nord, nous informant que les ambulanciers ont été appelés et qu'ils ont trouvé deux corps. Mason est vivant, mais son oncle ne s'en est pas sorti.

— Mason veut vous parler, dit le shérif.

Il a appelé avec le téléphone de Mason et mis en route le flux vidéo pour que nous puissions parler.

Je sors de la pièce et entre dans mon bureau, laissant la porte ouverte.

— C'est bon de te voir, Mason, dis-je.

Il est pâle, les lèvres teintées de bleu, mais il est conscient et respire.

Il essaye de parler, mais je ne peux pas l'entendre. Mason est bien trop silencieux pour que le téléphone capte ce qu'il dit.

— Je ne peux pas t'entendre, mon pote. Ça va aller. Va avec les ambulanciers et laisse-les faire leur travail.

J'essaye de lui assurer que tout ira bien.

Vu sa tête, il a de la chance d'être encore en vie.

Le shérif se penche pour entendre ce que Mason essaye de nous dire.

— Hazel a un traceur.

Je sirote mon café.

— Oui, c'est logique. C'est probablement comme ça qu'ils ont pu vous trouver.

Mason secoue la tête. Ce n'est pas le message qu'il veut faire passer. Il fait de nouveau signe au shérif de se rapprocher.

La vidéo sur le téléphone se déplace, laissant entrevoir le sang et les dégâts sur la propriété. Mason a perdu une quantité importante de sang, mais il respire. Son cœur bat. C'est un combattant.

— Hazel a un bracelet que l'on peut suivre. Il le lui a donné pour la protéger, dit le shérif.

Il fronce les sourcils, jetant un regard de Mason à moi.

— Qui êtes-vous exactement les gars ?

— Tactique de l'Aigle, dis-je.

Je l'ai déjà dit à son bureau lorsque j'ai appelé et demandé leur aide, mais soit il n'a pas reçu le mémo, soit il ne sait pas qui nous sommes.

— Mason, on va faire revenir Hazel. Laisse les ambulanciers et les médecins s'occuper de toi. Rétablis-toi, d'accord ?

Nous lui rendrons visite quand Hazel sera en sécurité et hors de danger.

Je raccroche le téléphone et me précipite dans le bureau avec Declan.

— J'ai tout compris, dit Declan avant que je puisse transmettre le message. Je suis déjà sur le bracelet et je cherche à savoir où se trouve Hazel. Merde.

Il détourne le regard de son écran d'ordinateur vers moi.

— Elle est de retour à Chicago.

— Trouve l'adresse. J'appelle Colton Carr pour voir s'il peut la rejoindre avec une équipe avant qu'on y arrive.

J'attrape mon manteau et avale le reste de mon café.

— Et pour Izzie ? demande Declan. On devrait peut-être envoyer Aiden et Lincoln ?

— Lincoln est occupé avec l'expert en assurance après ce que ces salauds ont fait à son restaurant, dit Aiden depuis l'autre côté du couloir.

Ses bottes font un bruit de pas sur le sol alors qu'il se précipite dans le bureau avec nous.

— Je vais venir avec toi. Il nous faut au moins une équipe de deux hommes.

Je ris dans mon souffle. Je doute que deux d'entre nous et le marshal soient suffisants pour faire tomber la mafia russe à Chicago et sauver Hazel.

— Declan, tu restes ici et tu pistes Hazel. Aiden, appelle Lincoln et dis-lui que nous avons besoin de lui dès que possible. Nous avons besoin de son aide. Nous avons besoin de toute l'aide que nous pouvons obtenir.

Declan me regarde. Sa voix est hésitante.

— Nous pourrions appeler Jayden. Je sais que ce n'est pas l'idéal, mais nous pourrions utiliser la main d'œuvre.

— Absolument pas.

Je n'invite pas un hors réseau dans notre équipe. Jayden est peut-être un des nôtres dans l'armée, un membre de notre unité et de notre équipe, mais il les a choisis plutôt que nous.

— Ils sont responsables de la prise d'otages à la station hier.

— Tu ne sais pas si Jayden en faisait partie, tous les participants portaient des masques, dit Declan.

— Pourquoi tu le défends ? demandé-je. Et toutes les personnes impliquées ne portaient pas un masque. Emma était là, et Jayden aussi. Je l'ai mis à nu et j'ai volé ses vêtements.

— Merde. Tu ne nous l'avais pas dit.

Aiden rigole.

— J'aurais aimé voir ça. Tu n'aurais pas pris une photo ?

Je roule des yeux et j'attrape les clés de mon camion sur le bureau.

— Je n'ai pas eu le temps. C'est dommage, non ?

Je me dirige vers le hangar.

— J'appellerai Carr en chemin. Tu viens, Aiden ? demandé-je.

— Je ne manquerais pas l'opportunité de botter quelques culs. Laisse-moi appeler Lincoln pendant qu'on est dans la voiture.

— Merde. Je dois aussi appeler Ariella. Je lui ai dit que j'irais chercher le déjeuner et que je la ramènerais avec moi au bureau.

Ça ne va pas arriver. Peut-être que Skylar pourra la conduire à la station pour récupérer sa voiture. Sinon, je l'emmènerai demain ou quand je rentrerai.

———

Lincoln, Aiden et moi faisons équipe à Chicago avec Colton Carr et son équipe de marshals ainsi que le Bureau d'Investigation Fédéral.

— Elle est toujours sur la propriété, dit Declan.

Il transfère sa localisation sur mon téléphone.

En examinant l'écran de mon téléphone portable, je vois un petit point rouge qui clignote et semble faire des allers-retours.

Je ne sais pas si la position est approximative ou si elle est en train de se déplacer, mais nous savons où elle se trouve, tant que le bracelet est toujours sur elle.

— Nous avons une équipe prête à partir, dit l'agent Bishop.

Il est en costume, son équipe en tenue du SWAT entoure le périmètre.

Nous nous tenons juste à l'extérieur du centre de commandement, un véhicule installé sur le côté de la route autour du bloc et hors de vue.

Une jeune femme aux longs cheveux blonds portant un gilet en Kevlar fait irruption dans le poste de commandement.

— J'ai des yeux et des oreilles sur l'endroit. Vous devriez recevoir un signal d'un moment à l'autre.

Elle s'assoit devant un moniteur et ajuste la fréquence, captant le flux vidéo et audio d'Hazel.

— C'est elle. C'est notre cible à extraire, dis-je, donnant la confirmation.

— Le SWAT entre en premier, dit l'agent Bishop.

Il est grand et maigre. Il n'a probablement jamais passé un jour dans l'armée, mais il commande avec autorité.

— Bien, dit Lincoln.

Il se tient derrière moi, les bras croisés sur sa poitrine. Il n'a pas bougé d'un pouce, pas même pour s'écarter du chemin des agents qui vont et viennent.

— Avons-nous un visuel sur Nikolai Agron ? demandé-je.

— Pas encore, dit l'agent Bishop. Nous avons la confirmation que Franco Ivanov est là, ainsi qu'un autre homme que nous passons en revue dans notre base de données. Il y a également un certain nombre de personnel de soutien, mais les acteurs clés de la mafia ne semblent pas être sur place.

— Autre que Franco, dis-je.

Il est l'un des acteurs clés, et même s'il n'est pas le chef de la mafia, il est le commandant en second et la raison pour laquelle nous sommes ici.

L'agent Bishop regarde sur l'écran pendant qu'il donne des ordres à ses collègues. Ils pénètrent dans le périmètre de la propriété et s'approchent de la maison.

— Attendez que je vous donne le feu vert pour entrer.

Je regarde l'écran par-dessus son épaule. Ils attendent qu'Hazel soit hors de danger immédiat.

Elle n'est pas près du foyer. Il faudra plusieurs secondes entre l'intrusion et l'entrée dans la pièce où elle se trouve.

Assez de temps pour la tuer ou la prendre en otage et menacer sa vie.

Je déteste regarder sur l'écran, incapable de faire partie de l'action.

Mes mains se crispent en poings.

Franco sort de la pièce, laissant Hazel avec l'homme non identifié dans la maison.

— Maintenant !

L'agent Bishop ordonne à l'équipe du SWAT d'enfoncer la porte d'entrée et de foncer à l'intérieur, armes dégainées, pour annoncer leur présence.

Des coups de feu éclatent de toutes parts. Je frissonne et avale la bile qui monte dans ma gorge. Je suis habitué à être sur le terrain, pas à regarder depuis un écran. C'est douloureux de savoir que je ne pouvais rien faire pour aider.

Je veux sortir, faire partie de l'action, mais ce n'est pas possible. L'agent Bishop a clairement indiqué que nous étions autorisés à entrer dans le poste de commandement par courtoisie pour Colton Carr.

Je fais les cent pas dans la petite longueur du fourgon, il m'est impossible de rester immobile tout en gardant mon regard sur les moniteurs et les images de surveillance de la propriété.

Une caméra perd l'image, mais le son est toujours présent, ce qui est presque pire avec le bruit des coups de feu et des cris déchirants.

Je me pince l'arête du nez, repoussant les souvenirs de mon séjour à l'étranger dans l'armée. Les horreurs refont surface au son des hommes qui crient.

Je ne peux rien faire de plus, alors j'attends avec Aiden et Lincoln. Le SWAT appréhende Franco ainsi que plusieurs autres individus dans la maison avant d'amener Hazel à l'extérieur.

Je me précipite hors du poste de commandement, avec Lincoln et Aiden sur mes talons.

Ses yeux sont bouffis et rouges, ses joues rougissantes.

Elle se précipite dehors, s'éloignant en boitant des agents armés lorsqu'elle nous voit. Ses sourcils se froncent, et des larmes coulent dans ses yeux.

— Mason, chuchote-t-elle.

Un seul mot, et je comprends toutes les peurs qui l'envahissent.

— Nous l'avons trouvé à temps. Il est à l'hôpital.

Nous avons appelé et vérifié son état dès notre arrivée à Chicago pour nous assurer qu'il n'a pas décliné.

— Il est stable, dis-je espérant la rassurer.

Elle expire un lourd soupir.

— Merci.

L'agent Bishop arrive par derrière.

— Nous avons quelques questions pour Hazel, dit-il.

— Bien sûr. Je vais répondre à tout ce que je peux.

Hazel enroule ses bras autour de sa poitrine.

Aiden attrape une couverture d'urgence du poste de commandement et la tire sur les épaules d'Hazel.

— Merci.

L'agent Bishop fait un signe de reconnaissance à Aiden avant de reporter son attention sur Hazel.

— Savez-vous où se trouve votre frère Nikolai en ce moment ? Nous savons que c'est sa propriété.

— Nous attendions qu'il prenne l'avion pour rentrer chez lui. Il était à Breckenridge pour me chercher.

Elle expire un souffle lourd et fix le sol.

— Il devrait être rentré chez lui maintenant.

Je me retourne sur mes talons, remarquant que la route a été fermée. Il est probablement sur le chemin du retour et a vu nos agents.

— Il n'a pas appelé ou contacté Franco pendant que vous étiez dans la maison ? demandé-je.

Hazel secoue la tête.

— Franco était concentré sur moi.

Elle essuie les larmes aussi rapidement qu'elles tombent sur sa joue.

— C'est Victor qui l'avait appelé, pas Franco, mais ils ont parlé au téléphone. Je ne sais pas ce qui s'est dit, j'étais sous la douche à ce moment-là. Est-ce qu'on peut avoir fini ? Je veux aller voir Mason.

L'agent Bishop note les quelques informations qu'Hazel a pu fournir.

— Oui, bien sûr. Je crois que nous devrions vous mettre en détention préventive. Avec votre frère dehors qui dirige la mafia, ce n'est qu'une question de temps avant qu'il ne vous trouve.

— Elle restera sous notre protection, dis-je.

— Tu es sûre que c'est ce que tu veux, Hazel, demande l'agent Bishop. Nous possédons une maison sûre où nous pouvons vous transporter, vous fournir une nouvelle identité et assurer votre sécurité.

Elle lève son regard et rencontre l'expression durcie de l'agent Bishop.

— Bien que j'apprécie votre offre, les U.S. Marshals n'ont pas été capables de me protéger. Je doute que vous le puissiez, non plus. Je vais tenter ma chance avec Tactique de l'Aigle. De plus, je veux voir Mason.

— Vous réalisez que c'est probablement là que Nikolaï se dirige, vers la seule personne avec laquelle il sait que vous voulez être, dit l'agent.

— Vous avez les coordonnées de Tactique de l'Aigle. Si vous avez besoin de quelque chose, vous pouvez les contacter jusqu'à ce que je remplace mon téléphone portable, dit Hazel.

— Très bien, dit l'agent avant de retourner au poste de commandement, leur opération étant terminée.

Lincoln se rapproche d'Hazel, lui soulevant le menton.

— Nous t'amènerons à Mason si c'est ce que tu veux, mais ton frère est toujours là dehors. L'agent Bishop a raison, nous te mettons en danger si nous te conduisons à lui. Tu dois être consciente des risques.

Mon téléphone vibre dans ma poche. Je fouille dans ma veste et l'attrape, jetant un coup d'œil à l'identifiant de l'appelant, reconnaissant le numéro de téléphone d'Ariella.

— Hey, nous venons de terminer ici à Chicago, dis-je en répondant au téléphone.

— Jaxson. Tu dois rentrer à la maison.

Ariella n'a pas l'air d'être elle-même.

— Qu'est-ce qui ne va pas ? Est-ce que Izzie va bien ?

— C'est Nikolaï. Il est ici et...

Le téléphone s'éteint.

CHAPITRE VINGT-DEUX

ARIELLA

— Izzie, on doit encore jouer à cache-cache ? demandé-je, exaspérée.

J'adore la fille de Jaxson, mais c'est une boule d'énergie constante, et elle s'est déjà cachée une douzaine de fois. Elle n'aime pas se relayer, et elle aime se cacher au même endroit à chaque fois.

La sonnerie de la porte interrompt notre jeu.

Je me dirige vers la porte d'entrée et j'essaye de regarder par le judas, mais il est trop haut pour moi. Il a clairement été percé pour Jaxson.

En ouvrant la porte, Emma se tient de l'autre côté, tremblante, couverte de sang. Ses cheveux sont mouillés, ses vêtements boueux et déchirés.

La pluie bat dehors, le temps est à quelques degrés au-dessus du point de congélation.

— Viens à l'intérieur, lui dis-je, en la faisant entrer dans la maison et en désactivant l'alarme.

Jaxson m'a donné un code secondaire que je dois utiliser pendant son absence.

Ses dents claquent, et elle se frotte les bras pour tenter de se réchauffer.

— Que s'est-il passé ?

Je verrouille la porte derrière elle et active l'alarme. Elle a l'air d'avoir été malmenée par un ours.

Je le regarde de la tête aux pieds. Peut-être que ce n'est pas si grave. Elle a encore ses bras et ses jambes, mais elle semble en mauvais état.

— J'étais chez moi et il a commencé à tirer.

— Qui a commencé à tirer ?

Je sors mon téléphone.

— Nous devons appeler la police.

Ses yeux sont larges et frénétiques.

— Pas de police.

Elle pose une main sur mon téléphone, ses doigts humides salissent mon appareil. Je l'essuie et le remets dans ma poche pour le moment.

— Si quelqu'un s'est introduit chez toi et a commencé à tirer sur les gens, nous devons appeler le shérif.

— Ella ? dit Izzie, en essayant de dire mon nom.

C'est mignon et amusant. Elle peut dire « Ariel » et « Ella » mais refuse de les mettre ensemble. Honnêtement, le surnom ne me dérange pas. C'est attachant.

Je prends Izzie dans mes bras, la protégeant d'Emma.

Emma n'a pas l'air bien, et le fait qu'elle ne me laisse pas appeler à l'aide m'a fait craindre qu'elle ne soit pas elle-même.

Emma fixe Isabella, fascinée par la petite fille, sa fille biologique.

Quand l'a-t-elle vue pour la dernière fois ? Est-ce que c'était quand elle l'a déposée et laissée avec Jaxson ?

Jaxson m'a raconté comment Emma avait l'intention de l'abandonner et lui avait demandé de renoncer à ses droits parentaux, mais je ne l'ai jamais entendue en parler, jamais.

Le regard long et triste d'Izzie me fait des nœuds à l'estomac. Je la pose doucement sur le canapé et j'attrape Emma par le bras pour la traîner dans la cuisine.

— Mais qu'est-ce qui se passe ? demandé-je.

Je me mets debout pour que le dos d'Emma soit tourné à Izzie et que je puisse garder un œil sur la petite fille.

— Il est venu et a tué tout le monde.

La peau de porcelaine d'Emma est d'une pâleur maladive. De la sueur perle sur son front.

Je prends un chiffon propre et l'humidifie dans l'évier, ajoutant une touche de savon et de mousse, pour aider à nettoyer ses écorchures sur le front. Elle a besoin d'une douche, cependant, et de vêtements de rechange.

— Qui est venu ?

Est-ce les hommes qui en ont après Hazel ? Pourquoi seraient-ils allés à la maison d'Emma ? Les deux femmes ne se ressemblent pas du tout. Elles ne peuvent pas être confondues.

— J'ai merdé, royalement.

Emma s'essuie le nez. Ses yeux sont rouges et débordent de larmes.

Je prends sa main et la serre de façon rassurante.

— Quoi que tu aies fait, je suis sûre que ça peut s'arranger.

— Je ne pense pas. Ils sont morts à cause de moi.

Bien que je ne connaisse pas très bien Emma, je ne pense pas qu'elle soit capable de tuer quelqu'un. Nous avons travaillé ensemble pendant une courte période à la station et nous étions amies. Bien que, dernièrement, nous ne nous soyons pas beaucoup vues, je ne peux pas croire qu'elle ait fait quelque chose d'aussi terrible. Elle doit exagérer, non ?

— Qui est mort ?

J'ai besoin qu'elle s'ouvre et se confie à moi.

Elle essuie ses larmes et j'attrape une serviette en papier, la lui offrant pour qu'elle sèche ses yeux.

— Merci. Ils le sont tous. Du moins, je pense qu'ils le sont tous. Je me suis enfuie par la porte de derrière pendant qu'ils tiraient sur le complexe.

Je ne comprends pas de quoi elle parle.

— Le complexe ? Tu ne vis pas dans une des cabanes près de la station ?

— Je n'ai eu cet endroit que le temps de passer l'entretien pour le poste. Je vis avec les gars là-haut, dit Emma en faisant un geste vers le nord de la montagne.

Ma voix se coince dans ma gorge.

— Les hors réseau ?

Jaxson m'a prévenu de me tenir à l'écart d'eux et de l'entrée de leur complexe.

Emma se tamponne les yeux avec la serviette en papier.

Je sors mon téléphone portable et compose le numéro de la police locale, leur faisant savoir qui je suis, que je travaille pour Tactique de l'Aigle, et ce dont Emma a été témoin. Si ce qu'Emma a dit est vrai, ils ont besoin d'une équipe pour repérer les survivants dans le complexe.

Jaxson aurait été appelé avec le reste de l'équipe s'ils avaient été en ville. Je l'appellerai plus tard quand les choses se seront un peu calmées. Il n'y a aucune raison de l'inquiéter. Il est occupé en route pour Chicago.

———

Le département du shérif nous rend visite après avoir vérifié le complexe.

— Emma, j'ai besoin de vous emmener pour votre déclaration officielle.

Emma me prend la main.

— Tu viens avec moi ?

— Bien sûr. Laisse-moi couvrir Izzie, et ensuite nous pourrons te suivre au poste.

Je ne pouvais pas dire non. Elle est brisée. Je sais ce que ça fait, de voir son monde s'écrouler autour de soi.

Je prends une collation au distributeur du poste de police pour Izzie pendant que nous allons dans une pièce séparée.

— Venez avec moi.

Le shérif ouvre la porte d'une pièce adjacente et allume les lumières.

— Vous pourrez tout voir et tout entendre. Mettez-vous à l'aise. Avec un peu de chance, ça ne prendra pas longtemps.

A-t-il l'habitude de laisser les gens regarder quand les déclarations sont faites ?

M'a-t-il accordé un traitement spécial parce qu'il sait que je travaillais pour Tactique de l'Aigle ?

Je laisse Izzie s'asseoir sur une table, dos à la vitre, et je regarde à travers la glace sans tain.

Le shérif entre dans la pièce avec Emma et ferme la porte.

— Je peux vous offrir quelque chose à boire ? Un café ? De l'eau ?

— Non, merci.

Emma s'assoit, les mains sur la table métallique. Elle semble incroyablement calme mais elle est probablement juste sous le choc. N'est-ce pas ?

Il récupère un bloc de papier et un stylo.

— Pouvez-vous me dire ce qui s'est passé aujourd'hui ?

Emma expire un lourd soupir.

— Oui.

Elle jette un regard de la table au shérif.

— J'étais à la maison, dans l'enceinte, quand deux hommes sont entrés, armes dégainées, et ont commencé à tirer sur tout le monde en vue.

— Connaissez-vous l'un de ces hommes ?

— Je ne les ai jamais vus avant.

— Vous êtes sûre ? Pouvez-vous vous rappeler si vous les avez vus à la station ?

Elle secoue la tête.

— Non. Je ne les ai jamais vus à la station ou ailleurs avant. Ils ne sont pas d'ici.

Il expire fortement par les narines.

— Intéressant. Pouvez-vous me dire autre chose ? Par exemple, qu'est-ce qui a pu pousser deux hommes, qui ne sont jamais venus à la station ou même dans cette ville, à venir chez vous et à exécuter tout le monde ?

Emma ne répond pas.

Ma bouche devient devenue sèche, et mes mains tremblent. J'entoure la taille d'Izzie de mes bras, la maintenant fermement sur la table, lui offrant un faible sourire.

Que cache Emma ?

Le shérif sort son téléphone de sa poche et le fait défiler avant de le poser sur la table pour qu'Emma le regarde.

— Savez-vous ce qu'il y a sur la vidéo ?

Emma secoue la tête. Elle se déplace sur la chaise métallique, la tête penchée vers le bas, fixant l'écran du téléphone.

Le shérif a vraisemblablement appuyé sur play. Je ne peux pas voir la vidéo, et le dialogue est trop silencieux pour être entendu.

Mes doigts tressent les cheveux d'Izzie, essayant de me distraire du poids de ce qui se passe à travers la vitre. Peut-être qu'Izzie et moi devrions partir. Emma voulait que nous soyons là pour la soutenir, mais si elle est impliquée, je ne suis pas sûre de vouloir le savoir.

— C'est vous sur la vidéo de surveillance, dit le shérif. Vous faisiez partie de l'équipe qui a pris le contrôle de la station et retenu 73 personnes en otage.

Emma pince les lèvres et croise ses bras sur sa poitrine.

— J'étais une victime.

— Ce n'est pas ce que je vois. Et cette vidéo ?

Il tapote son téléphone, et un moment plus tard, un autre clip est diffusé dans la salle d'interrogatoire.

Encore une fois, je ne peux pas entendre ce qui est dit, mais ma poitrine fait mal et j'ai plus de mal à respirer.

— Dites-moi exactement ce qui s'est passé, dit le shérif. Et peut-être que nous ne vous accuserons pas de meurtre.

Le silence envahit la pièce pendant plusieurs longues secondes avant qu'elle ne se racle enfin la gorge pour répondre.

— J'ai toujours travaillé à la réception du Blue Sky Resort. C'était mon travail d'enregistrer les clients et de prendre les réservations. Imaginez ma surprise quand l'un des managers scouts d'Hollywood a réservé une suite. Je n'avais rien prévu du tout. Vous devez me croire.

Il griffonne des notes pendant qu'elle parle.

— Comment saviez-vous que le client était un manager de scouts ?

— Je vivais à Los Angeles. Je travaillais pour le studio et j'étais l'assistante personnelle de M. Joseph Kensington. C'était mon patron, dit Emma.

Elle expire un lourd soupir.

— C'était aussi un connard, je dois dire. Il aimait flirter avec toutes les employées, y compris moi. Il m'a dit de venir dans son bureau une fois où la porte était fermée. Il avait une salle de bain privée et il était en train de se branler quand je suis entrée.

— Donc, vous avez pensé que ce serait une bonne idée de le prendre en otage avec les autres clients de la station ?

Emma se frotte les yeux.

— Ce n'était pas mon idée.

Elle pose ses mains sur la table, tapotant ses doigts sur le métal.

— J'ai parlé à Ian de ce que mon patron avait fait et de la façon dont j'avais été renvoyée de mon travail. Il m'a dit que personne d'autre ne serait blessé. Que ses potes s'assureraient que Kensington n'embêterait plus personne. Ils allaient le malmener un peu et ensuite cambrioler sa chambre d'hôtel. On a supposé qu'il y avait probablement 2000 dollars en liquide qu'il avait apporté. Ce n'était pas censé être une grosse affaire. Ian a poussé les choses trop loin.

— Est-ce que Ian a un nom de famille ?

Sa langue sort, balayant sa lèvre supérieure.

— Oui. Ian Connor.

J'ai l'impression que l'air est aspiré de mes poumons. Emma était-elle dans la prise d'otage ? La pièce tourne, et je trébuche sur la chaise pour m'asseoir.

— Ella ? chuchote Izzie, en me regardant fixement.

Elle me touche la joue, assise au-dessus de moi sur la table.

J'attrape la main d'Isabella et lui donne un baiser. Je ne veux pas l'inquiéter. J'essaye d'ignorer la voix d'Emma à l'autre bout de la pièce, mais c'est inutile. J'entends tout ce qu'elle dit, et plus elle parle, moins elle semble avoir de remords.

— Cela ne nous amène toujours pas à la partie concernant les hommes qui ont attaqué le complexe, mais je crois qu'il pourrait y avoir une corrélation.

Le shérif saisit son dossier et le feuillette, révélant une série de photographies.

— Reconnaissez-vous l'un de ces hommes

Elle pousse le dossier plus loin, vers le shérif.

— Non. Je devrais ?

— Ce sont tous des otages de la station. Quelqu'un qui pourrait avoir une vendetta contre leurs ravisseurs. Deux des hommes sont connus pour travailler avec un syndicat du crime à Chicago.

Il feuillette les photos et fait glisser l'image sur la table.

— Regardez encore.

Emma expire bruyamment par le nez.

— Ouais. J'ai vu ces deux-là à la station. Ils étaient assis en face de moi dans le couloir lorsque j'étais retenue avec les autres otages, mais ce ne sont pas les hommes qui ont pris d'assaut le complexe aujourd'hui.

— Avez-vous vu qui a tiré ?

— Je ne les ai pas reconnus, mais je les ai bien regardés juste avant de partir à pied. Ils auraient pu être amis avec ces gars-là.

Elle tapote la photo.

— Mais ce n'est pas eux. Avez-vous vérifié les vidéos de sécurité de l'enceinte ?

Le shérif fait glisser sa chaise, les pieds grinçant avec ses mouvements.

— Quelles vidéos de sécurité ?

— Jayden a installé des caméras le long du périmètre. Je pensais que c'était stupide et un gaspillage d'argent, mais peut-être que ça peut vous aider à attraper les hommes qui ont fait ça ?

Ses yeux se crispent.

— Je vais demander à un dessinateur de travailler avec vous pour recréer une représentation des hommes qui ont ciblé et attaqué le complexe. Pouvez-vous faire ça pour nous ?

— Oui, bien sûr.

Emma fait tourner ses cheveux avec son doigt.

— Je peux avoir une bouteille d'eau, quelque chose à manger ? Je suis affamée.

Je me lève, incapable de supporter davantage les pitreries d'Emma.

J'emmitoufle Izzie dans son manteau d'hiver et la porte hors du poste de police jusqu'à ma voiture. Heureusement, je l'ai récupérée plus tôt dans l'après-midi quand Skylar est partie travailler.

J'ouvre la porte arrière et l'installe dans le siège auto que j'ai mis en place. Jaxson en avait un de rechange à la maison, ce qui s'est avéré pratique. Après l'avoir attachée, je grimpe sur le siège avant, démarre le moteur et envoie un SMS à Skylar.

J'emmène Izzie avec moi pour rendre visite à Mason. Il est à l'hôpital. Je rentrerai tard.

Je ne donne pas plus de détails. Si elle a des questions, elle peut m'appeler. Je cherche l'hôpital où Mason a été amené et je les appelle pour m'assurer qu'il peut recevoir des visites.

Apparemment, il a été héliporté et transporté à Sanford Health, un centre de traumatologie de niveau

1, à plus de dix heures de Breckenridge.

— Putain !

Izzie répète mon juron.

— Putain. Putain. Putain.

J'expire un long et lourd soupir. Merde. Je ne peux pas m'énerver contre elle, elle ne comprend pas ce qu'elle faut quand elle me répète. Avec un peu de chance, elle arrêtera de dire « putain » avant que Jaxson ne rentre à la maison.

Quand sera-t-il de retour ?

Démarrant la voiture, je quitte le parking du poste de police et me dirige vers la maison avec Izzie.

— Je suppose que c'est juste toi et moi.

Au moins jusqu'à ce que Skylar rentre à la maison. J'ai la nette impression qu'elle ne m'aime pas, mais je ne sais pas pourquoi.

Nous conduisons jusqu'à la maison de Jaxson. Chaque partie de moi est épuisée. Je suis prête à me coucher mais je dois encore préparer le dîner. Je porte Izzie jusqu'à la maison et la pose sur le porche pendant que je sors mes clés. En les prenant dans mon sac, mon regard se pose sur la porte.

Merde.

La porte d'entrée est entrouverte. Je ne l'ai pas laissée ouverte. Je l'ai fermée à clé en partant, et il n'y a aucun signe de Skylar. L'alarme n'est pas en marche, ou du moins elle ne s'est pas déclenchée d'après ce que je peux supposer.

Ai-je pensé à la mettre en marche quand nous sommes partis ?

Je prends Izzie dans mes bras et je recule, percutant un homme qui est arrivé sur le côté de la maison. Je sens le canon de son arme niché dans mon dos.

— Bienvenue à la maison, dit-il, sa voix est calme et égale, presque un peu trop amicale. Est-ce parce que j'ai Izzie dans mes bras ?

— Qu'est-ce que vous voulez ?

Je guide Izzie vers le bas, plantant ses pieds sur le sol. Je ne veux pas qu'elle jette un coup d'œil par-dessus mon épaule à l'homme qui pointe son arme sur moi.

— Allons à l'intérieur et discutons un peu.

Izzie fait un pas à l'intérieur, et j'atteins lentement la lumière, la faisant basculer.

— C'est vraiment nécessaire ? demandé-je, en faisant un signe de tête vers l'arme. Il y a un enfant ici. Avons-nous absolument besoin de lui faire faire des cauchemars ?

— Appelle le gars de Tactique de l'Aigle. C'est quoi son nom ?

— Je ne sais pas de quoi vous parlez, dis-je, en jouant les idiotes.

Il entre dans la maison derrière moi et ferme la porte.

— Appelle ton patron. Dis-lui que Nikolaï est ici et qu'il veut un échange.

Je sors lentement mon téléphone et compose le numéro de Jaxson.

— Je ne sais pas s'il va répondre au téléphone. Il n'est pas en ville.

Je ne veux pas m'étendre sur son vol ou les détails de la mission.

— Hey, on termine juste ici à Chicago.

Sa voix est joyeuse, insouciante, et à l'aise. Je veux lui demander si tout s'est bien passé, mais je ne peux pas, pas avec un étranger dans la maison.

Je parle lentement et clairement, en faisant de mon mieux pour ne pas paniquer.

— Jaxson.

Au moins, l'arme n'est plus pointée sur moi, ce qui me donne l'opportunité de me défendre. Le seul problème est Izzie. Je ne veux pas risquer sa vie.

— Tu dois rentrer à la maison.

— Qu'est-ce qui ne va pas ? Est-ce que Izzie va bien ?

Nikolaï n'a pas levé la main sur elle, mais ça ne veut pas dire qu'il ne le fera pas. Je la protégerai jusqu'au bout, mais si je ne suis pas en vie, je ne sers à rien pour elle.

Mon regard se lève d'Izzie vers l'homme qui nous tient en otage dans la maison de Jaxson. — C'est Nikolai. Il est ici, et il veut faire un échange.

Il n'y a pas de réponse.

— Jaxson ?

Je déplace mon téléphone de mon oreille pour regarder l'écran.

— Super, marmonné-je dans mon souffle.

— Quoi ? demande Nikolaï en s'approchant ;

— L'appel s'est coupé.

Je lui montre mon téléphone. Je n'ai pas raccroché, et je suis sûre que Jaxson n'aurait pas raccroché non plus.

— Rappelle-le.

J'ai zéro barre.

— Je n'ai pas de signal.

Nikolaï pousse son téléphone vers moi.

— Appelle-le.

Je compose le numéro de Jaxson et je pousse un soupir de soulagement quand il décroche.

— Ariella ?

— Oui. Nikolaï est ici. Il a un message qu'il veut que je te donne.

Nikolaï arrache le téléphone de mes doigts, ayant perdu sa patience avec moi.

— Je sais que tu es en possession de ma sœur, Hazel.

Il me fixe, ses yeux parcourent mon corps avant de jeter un coup d'œil à Izzie.

— Amène-la moi, ou tu vas choisir un cercueil pour la petite fille.

CHAPITRE VINGT-TROIS

JAXSON

— Je vais le tuer ! crié-je, en fixant mon téléphone.

Le salaud menace la vie de ma fille, puis, comme un lâche, raccroche.

Lincoln pose une main sur mon bras.

— Nous ne laisserons rien arriver à Izzie, et nous savons qu'Ariella est avec elle. Elle la protégera. Quel est le plan ?

Je n'arrive pas à penser correctement. Mon cœur cogne contre les parois de ma cage thoracique, essayant de se libérer de sa prison. Je pars à pied vers notre voiture, garée de l'autre côté du barrage.

— Quelqu'un a renseigné Nikolaï, dis-je.

Lincoln, Hazel et Aiden me suivent. Lincoln sort de sa poche les clés de la voiture de location, tandis qu'Hazel suit mon rythme en marchant à mes côtés.

— Tu penses que c'est Franco ? demande Lincoln.

Il appuie sur le bouton de la télécommande pour déverrouiller les portes.

Je me précipite vers la voiture et je grimpe dedans.

— J'en doute, dit Hazel.

Elle ouvre la porte et saute sur la banquette arrière.

— Franco était convaincu que Nikolaï avait pris un vol de retour quand il a appris que j'étais de retour à Chicago. Nous attendions qu'il rentre à la maison. Je pensais qu'il était en route.

Lincoln et Aiden montent dans la voiture. Lincoln démarre le moteur et quitte le quartier en direction de l'aéroport.

— Qui d'autre savait que tu étais à Chicago ? demandé-je en me retournant pour lui faire face.

Je ne peux pas imaginer qu'elle me mentirait, mais je ne suis pas non plus sûr de ce qui se passe. Pourquoi diable Nikolaï est-il chez moi à menacer ma fille et Ariella ?

— Est-ce que c'est important ? demande Lincoln. Il faut qu'on trouve un plan. Je vais appeler Declan et lui faire savoir ce qui se passe. Il peut surveiller ta maison. Peut-être qu'il pourra se glisser à l'intérieur ou au moins savoir combien d'hommes nous avons en face de nous.

— Au moins Nikolaï et son chauffeur, Sacha, dit Hazel. Ils vont partout ensemble. Je suis surprise que Nikolaï ne m'ait pas mariée à lui.

Elle se déplace sur le siège arrière et regarde par la fenêtre.

— Tu peux aller plus vite ? demandé-je, en regardant Lincoln.

La circulation n'est peut-être pas la faute de Lincoln, mais nous ne prenons certainement pas la meilleure route. Je ne connais pas bien Chicago, mais il doit y avoir un autre chemin pour aller à l'aéroport.

———

Conduire jusqu'à l'aéroport a été fastidieux, mais pas aussi pénible que le vol de retour. Nous avons un jet privé, mais cela ne signifie pas que nous arrivons plus vite qu'avec un vol commercial.

Quand nous atterrissons enfin, nous envoyons un SMS à Declan.

Le vol a atterri. On est en route. S'il te plaît, dis-moi que tu as de bonnes nouvelles.

Je veux que la mission soit terminée, qu'Izzie et Ariella soient en sécurité et que l'opération soit derrière nous. C'est un vœu pieux.

Declan ne répond pas. Nous nous précipitons hors de l'avion et directement vers mon camion. Je me jette du côté du conducteur, ne laissant personne d'autre prendre les rênes. C'est difficile de ne pas avoir envie de tout contrôler, surtout quand c'est ma propre famille qui est en jeu.

— Tu es sûr que tu ne veux pas appeler le shérif et impliquer la police locale ? demande Aiden depuis la banquette arrière.

— Non. On fait ça officieusement.

Sur la banquette arrière du camion de Declan, il y a une cachette d'armes et de fournitures pour nous. Ça nous évitera d'avoir à faire un arrêt supplémentaire au bureau de Tactique de l'Aigle. Mon téléphone est enfoui dans ma poche, mais j'ai envoyé notre message par texto groupé pour que n'importe lequel des gars puisse répondre.

Je regarde Lincoln à côté de moi sur le siège avant.

Lincoln sort son téléphone, regarde les textos, puis secoue la tête.

— Rien pour le moment. Vous n'avez pas de caméras de surveillance avec votre système de sécurité ?

— Elles sont désactivées, ainsi que le système d'alarme. J'ai essayé d'accéder au système pendant que nous prenions notre vol, mais je n'ai pas pu accéder au système Wi-Fi.

— Tu penses qu'il a coupé le courant ? demande Hazel.

— Je ne sais pas. Il y a un système de batterie de secours, mais il aurait pu le désactiver s'il savait comment pirater le système. On dirait que le système a été désarmé et piraté.

J'espérais qu'il était impénétrable, mais Declan aurait pu le pirater. Je ne suis pas sûr des capacités de Nikolaï ou de l'homme qui l'accompagne.

— Mon frère est un voyou. Il est doué avec une arme et fait faire le sale boulot par ses hommes. Nikolaï ne saurait pas comment pirater quoi que ce soit, dit Hazel.

Ça devrait peut-être me rassurer, mais ce n'est pas le cas.

— Merde. Je dois appeler Skylar et la prévenir de ne pas rentrer à la maison maintenant.

Je ne veux pas donner à Nikolaï un autre otage. Il n'a pas parlé d'elle, ce qui veut dire qu'elle ne doit pas être à la maison.

J'utilise la numérotation vocale et j'attends que Skylar réponde. C'est directement sur la messagerie vocale.

— Ecoute, ne rentre pas tout de suite. Il se passe quelque chose à la maison, et j'ai besoin que tu ailles dans mon bureau. Il y a un canapé. Vas-y pour la nuit.

Je mets fin à l'appel. Mes yeux se rétrécissent alors que je me concentre sur la route. J'aurais dû appeler Skylar plus tôt quand j'étais à Chicago. Si elle est déjà rentrée du travail et que j'ai donné un troisième otage à Nikolaï, je ne me le pardonnerais jamais.

Nous nous dépêchons de passer le col de la montagne et d'emprunter la route de gravier qui mène à ma maison, nous rapprochant de plus en plus. Je coupe le moteur et arrête le camion à quelques mètres de là. Je ne veux pas alerter Nikolaï de notre arrivée. Nous avons besoin d'avoir le dessus.

Avec une précision sans faille, nous nous faufilons hors du camion et fermons les portes, en prenant soin de ne pas alerter quiconque à l'intérieur de notre arrivée. Je passe devant le véhicule de Nikolaï. Le conducteur est affalé en avant, mort.

Declan l'a tué, ou Nikolaï ? Je le découvrirai plus tard, pour l'instant je dois aller chercher notre équipement et sauver Izzie et Ariella.

En silence, je tire la poignée de la porte du véhicule de Declan et fait glisser l'équipement du siège arrière vers le sol, fournissant à notre équipe des armes et du matériel pour la mission.

Nous devons supposer que Nikolaï est armé et préparé à notre arrivée. Il n'y a aucune chance que nous entrions par la porte d'entrée.

J'observe mon environnement, à l'affût de tout signe de détresse ou d'autres hommes armés qui pourraient nous observer. La rivière ruissèle à l'est, mais c'est le seul son qui parvient à mes oreilles. Avec une précision minutieuse, nous avançons en silence, nous approchant de la maison.

Aiden suit derrière moi, avec Lincoln à l'arrière. Je ne suis pas très enthousiaste à l'idée qu'Hazel vienne avec nous, mais si nous ne l'utilisons pas comme appât, il y a plus de chances que Nikolaï tire sur ma petite fille ou Ariella. Il ne tirera pas sur Hazel ; au moins je suis presque sûr qu'il ne la blessera pas.

Il n'y a aucune garantie. Il l'a vendue pour être mariée.

Je retiens ma respiration à l'approche de la maison, je serre la fenêtre en écoutant les bruits à l'intérieur et toute indication sur leur localisation.

Aiden me tape dans le dos et je regarde par-dessus mon épaule. Il me montre le sol, le téléphone portable cassé sur la neige tassée qui a commencé à fondre.

Le téléphone de Declan a été abandonné, l'écran brisé. Je lève la tête pour regarder le toit. A-t-il grimpé dessus et laissé tomber son téléphone ?

Avec un sourire niais, il nous fait signe.

Le salaud.

Il est en position avec son fusil de sniper. Même si j'apprécie qu'il s'assure qu'aucun autre connard ne soit caché dans la forêt et qu'il ait le dessus, j'ai aussi besoin d'entrer dans la maison. Rester sur le toit ne va pas m'aider à sauver Izzie et Ariella.

Nous devons trouver un moyen d'entrer dans la maison et pas par la porte d'entrée.

CHAPITRE VINGT-QUATRE

ARIELLA

J'ai des heures avant que Jaxson ne prenne l'avion de Chicago et arrive à Breckenridge. Il ne veut pas livrer Hazel à Nikolai en échange de sa fille et de ma sécurité.

Nikolai n'est pas un idiot. Il doit se douter de la même chose, ce qui signifie qu'il doit avoir un autre jeu de pouvoir. Je ne suis juste pas sûre de ce qu'il a prévu.

Il prend mon téléphone et le sien et les met dans sa poche. Non pas que je m'attendais à ce que mon ravisseur m'autorise un autre appel téléphonique.

— Pourquoi es-tu là ? demandé-je, en le regardant fixement.

Bien qu'il soit un peu plus grand que moi, je ne donne pas l'illusion d'avoir peur de lui.

Grosse erreur.

Il écrase le canon de l'arme contre ma joue et me pousse en arrière, trébuchant sur les jouets sur le sol du salon.

Je me rattrape, mais pas avant que Nikolaï ne s'élance en avant et me pousse sur le canapé.

— Assieds-toi, ordonne -t-il, un seul mot avec l'autorité nécessaire pour me faire frissonner.

Izzie court vers moi. Son ton a dû l'effrayer.

— Viens ici, lui dis-je, en lui tendant les bras pour qu'elle grimpe sur mes genoux.

Elle se serre contre moi, et alors qu'elle n'a pas été dérangée plus tôt par l'étranger, inconsciente du danger, il semble maintenant qu'elle comprenne que nous sommes en danger.

Les bras d'Izzie s'accrochent à mon cou. Je déplace son poids pour qu'elle s'asseye sur mes genoux, mes bras l'entourant, protecteurs et réconfortants.

— Tu veux bien ranger ça ?

Je fais un geste vers le pistolet avec lequel il m'a attaqué quelques instants plus tôt.

— Tout ce que tu fais, c'est lui faire peur.

Je ne veux pas admettre que j'ai peur moi aussi. Il prend probablement son pied en effrayant les femmes.

Nikolaï souffle et glisse l'arme dans la ceinture de son pantalon.

— Ne tente rien de stupide, dit-il.

Ses yeux se crispent et il nous regarde, Izzie et moi, de la tête aux pieds.

Je ravale la bile qui monte dans ma gorge, la peur qui pulse dans mes veines, comme l'oxygène dans mon cœur. Il ne va pas nous laisser partir, j'ai besoin d'un plan.

Je réfléchis.

Je m'accroche à Izzie, mais cela ne calme pas la terreur qui pourrie dans mon estomac comme de la viande avariée. Une fine couche de sueur recouvre mon front. Je l'essuie et fixe le sol. La dernière chose que je veux est de paraître menaçante.

Nikolaï est en charge.

Je dois me faire petite et insignifiante. Qu'est-ce que mon entraînement à la C.I.A. m'a appris ?

Je peux le désarmer, mais ça suppose qu'il n'y en a pas d'autres prêts à me tirer dessus à la minute où j'ouvrirais la porte d'entrée. Ou pire, et s'il vidait son arme et tirait sur Izzie ?

Je ne pourrais pas vivre avec moi-même si quelque chose lui arrivait. Jaxson ne me pardonnerait jamais, non plus.

Rentrer dans sa tête.

Qu'est-ce qui le fait tiquer ? Quel est son programme ? Sans aucun doute, il ne veut pas juste se pavaner avec Hazel à ses côtés et retourner à Chicago. Non. C'est un mafieux avec une soif de sang.

Si je lui demande pourquoi il fait ça, il me rejettera. J'ai besoin de creuser plus profondément. Je regarde l'horloge. Nous avons au moins quelques heures ensemble. Je peux le faire parler ?

Ma bouche est sèche, et mes mots sortent rauques.

— Nous allons rester ici un moment. Je peux me lever et prendre un livre à lire à Izzie ?

Sans bouger de ma position sur le canapé, je pointe du doigt l'étagère de la salle à manger, juste derrière nous.

— Tu ne bouges pas, dit Nikolaï.

Il traverse la pièce d'un pas sérieux et reste là une fraction de seconde avant de tirer un livre de l'étagère. Il revient en traînant les pieds dans le salon et nous surplombe. Il me jette un livre de poche.

Les Aventures d'Alice au pays des merveilles.

Je suis choquée que ce soit un livre pour enfants qu'il ait trouvé. Il a été si rapide que je pensais qu'il avait pris le premier livre qu'il avait trouvé sur l'étagère.

— Merci, dis-je en ouvrant le livre en commençant par la première page. As-tu déjà lu ça avant ?

Avec un peu de chance, ce n'est pas trop vieux pour elle, mais c'est un classique.

Elle secoue la tête pour dire non.

— Elle va l'aimer.

Nikolaï fait les cent pas dans la longueur de la pièce avant de s'immobiliser dans un coin de la pièce, à quelques mètres de là, en nous observant. Il croise ses bras sur sa poitrine.

— Lis-le lui.

Je feuillette la page de titre et ouvre le premier chapitre.

— Au fond du trou du lapin, dis-je en lisant le titre du premier chapitre, tandis qu'Izzie remue ses fesses et se pelotonne dans mes bras.

Son corps se détend pendant que je lis, chaque mot semblant la réconforter. Se pourrait-il que ce soit le simple fait d'être une distraction qui la fasse se sentir mieux ?

— Alice commençait à en avoir assez d'être assise à côté de sa sœur sur la rive et de n'avoir rien à faire ; une fois ou deux, elle avait jeté un coup d'œil dans le livre que lisait sa sœur, mais il n'y avait ni images ni conversations, « et à quoi sert un livre, pensait Alice, sans images ni conversations ? »

Izzie pose sa main contre ma poitrine, sur mon cœur, en fermant les yeux. Je voudrais qu'elle puisse dormir malgré n'importe quoi, y compris un homme fou qui agite un pistolet sur nous. Pour l'instant, l'arme est cachée dans son pantalon, mais elle est à sa portée.

Je continue à lire, page par page. Son corps s'affaisse et elle s'endort dans mes bras. Un soupir de soulagement franchit mes lèvres et se répand alors que je termine le deuxième chapitre.

— Continue à lire, demande Nikolaï.

Je fais ce qu'il dit, seulement parce qu'il pointe son arme sur moi, menaçant nos deux vies si je ne fais pas ce qu'il m'ordonne.

De temps en temps, je lève les yeux pendant que je lis dans un murmure doux et étouffé pour trouver un étrange semblant de quelque chose de familier sur le visage de Nikolaï.

— Tu as déjà lu ça avant, dis-je.

La seule solution est de l'amener à s'ouvrir et à parler. Si je peux trouver un moyen de le comprendre, peut-être qu'il épargnera nos vies.

— On ne parle pas ?

Son doigt me fait signe de tourner la page et de continuer à lire.

Évitant le conflit, je ne ferme pas le livre. Cependant, je ne fais pas non plus ce qu'il veut. Je garde la page non tournée, le livre ouvert, les yeux écarquillés en fixant Nikolaï.

— Ta sœur, Hazel, est un peu plus jeune que toi.

Je ne connais pas l'âge de Nikolaï, mais sa peau, son front, ses mains et son cou sont marqués par les années. Le stress vieillit une personne ; le meurtre aussi.

Il ne m'arrête pas, mais il ne commente pas non plus mon observation.

— As-tu lu ce livre à Hazel quand elle était petite ? demandé-je.

Est-ce que je peux évoquer les bons souvenirs et qu'il reprenne ses esprits ?

Il s'écarte du coin de la pièce, les bras toujours croisés contre sa poitrine, de nature protectrice. Pour l'instant, il n'essaye pas de me faire peur ou de réveiller Izzie. Il fait les cent pas dans toute la pièce, d'avant en arrière, la mâchoire serrée.

Les mains de Nikolaï tombent sur ses côtés, ses mains se serrent en poings.

— J'ai lu ce livre à ma sœur, mais ce n'était pas Hazel.

— Tu as une autre sœur ?

A-t-elle aussi été vendue et mariée à un autre mafieux ? Je tiens ma langue ; ce n'est pas une question appropriée à poser si je veux qu'il s'ouvre et trouve un moyen de sortir de ce désastre.

Je dois agir avec discrétion. Je dois être sournoise si je veux l'interroger sans qu'il se rende compte de ce que je fais.

Sa lèvre inférieure sort, et sa lèvre supérieure se contracte. Un tic le traverse une fois, forçant ses yeux à s'adoucir. Aussi vite que cela se produit, il grogne et traîne les pieds, faisant les cent pas plus fort.

S'il te plaît, ne réveille pas Izzie.

Il ne peut pas lire dans mes pensées. Non pas que je m'attende à ce qu'il le fasse, je ne veux pas qu'elle soit effrayée à nouveau. Elle mérite un sommeil paisible sans cauchemars. Je ne suis pas sûre d'avoir autant de chance si je survis aujourd'hui.

— Oui, j'ai eu une petite sœur avant Hazel. Elle s'appelait Rebecca.

Quelque chose clignote dans son regard, une lueur qui me fait croire qu'il n'a pas toujours été le monstre qu'il est devenu.

— Tu avais l'habitude de lui lire Les Aventures d'Alice au pays des merveilles ?

J'ai besoin de lui faire voir le lien, la familiarité, et peut-être qu'alors il ne mettra pas Izzie en danger. Si seulement il réalise son innocence et que c'est une enfant innocente.

Il arrête de faire les cent pas et se met à planer au-dessus de nous.

Je frissonne à cause de sa présence, de sa nature maussade qui me fait me sentir petite et insignifiante.

Nikolaï tend la main vers moi, et je frissonne de peur.

Il attrape la couverture posée sur le dossier du canapé et la déplie, la plaçant sur Izzie qui dort.

La chaleur me réconforte aussi. N'est-il pas le monstre que tout le monde croit qu'il est ? Je ne sais pas comment je peux lui demander s'il a abattu tout le monde dans l'enceinte sans qu'il ne se mette sur la défensive et ne dresse un mur.

— Merci, chuchoté-je, en le regardant fixement.

Il grogne et se recule, ses narines se dilatant tandis qu'il inspire et expire lourdement par le nez.

— Est-ce que toi et Rebecca êtes toujours proches ? demandé-je.

Je dois continuer à poser des questions pour comprendre ce qu'il fait et peut-être trouver une issue.

Le regard de Nikolaï devient sombre.

— Elle est morte.

Il n'a pas dit un mot de plus. Il n'a pas précisé comment ni quand elle était morte.

— Je suis désolée.

Je le pense ; qu'il le réalise ou non, perdre un frère ou une sœur est un enfer. Je n'ai pas perdu ma sœur, pas physiquement, mais émotionnellement, nous nous sommes séparées. J'ai perdu un enfant, et ça m'a brisé le cœur.

Il me fixe longuement et durement avant de hocher la tête une fois de plus.

— Ouais. Moi aussi. C'est le prix à payer pour faire partie de l'entreprise familiale, dit Nikolaï.

Il hausse les épaules comme si ça n'avait plus d'importance et que c'était du passé.

— Il n'y a pas forcément de coût. Tu n'es pas obligé de continuer à tuer des gens.

Ses pieds claquent contre le sol alors qu'il sort son arme et la pointe sur ma tête.

— Ferme-la !

Je suis allée trop loin.

Je ferme les lèvres et laisse mon regard tomber sur le sol. Je tiens Izzie endormie dans mes bras.

— Laisse-moi la mettre au lit en haut.

— Non.

J'ai besoin de la protéger, mais je ne peux pas le faire avec le canon d'une arme contre mon front.

Si je meurs, qui protégera Izzie ? Jaxson le fera quand il arrivera, mais combien de temps encore avant qu'il soit là ? Je ne peux pas la laisser être blessée. Jaxson a été là pour moi, il m'a sauvé. Je lui dois la vie. Maintenant je lui rends la pareille.

— Elle n'a pas besoin d'être impliquée dans tout ça, Nikolaï. C'est entre toi et moi.

Il roule des yeux et a enlève la sécurité de son arme.

— Non.

Un seul mot. C'est tout ce qu'il dit.

— Bien.

Je ne discute pas. Ça ne servirait à rien. J'ai besoin qu'il continue à s'ouvrir à moi. Il ne va pas le faire avec son arme prête à tirer.

— Je suis désolée, dis-je, en m'excusant. C'est toi qui commandes.

— Bien sûr que c'est moi qui commande !

Je ne bouge pas. Je ne bronche pas. J'ai besoin qu'il voie que je ne suis pas une menace, et peut-être qu'alors il rangera son arme.

Le silence enveloppe la pièce.

Mon cœur bat contre ma poitrine. Peut-il entendre la peur, l'adrénaline qui coule dans mes veines ?

Sa respiration est lourde et bruyante, remplissant l'espace silencieux.

Après plusieurs minutes, il éloigne son arme de mon front, remet la sécurité et glisse l'arme dans la ceinture de son pantalon.

Je ferme les yeux, soulagée qu'il ne pointe pas son pistolet sur moi. Nous n'avons toujours pas fini. Je ne suis pas en sécurité tant qu'il n'est pas menotté et emmené en prison. Est-ce que Jaxson a appelé le shérif local ?

Je n'ai pas entendu de sirènes, mais peut-être sont-ils assez intelligents pour ne pas nous avertir de leur présence ?

Ma voix se fait douce et timide, j'ai besoin de réponses.

— Que va-t-il arriver à Hazel ?

Nikolaï a clairement fait savoir qu'il voulait que sa sœur lui revienne. Même si je ne pense pas qu'il laissera Izzie ou moi partir, je ne suis pas sûre de ce qu'il compte faire de sa sœur.

— Pourquoi ça t'intéresse ?

Il fait de nouveau les cent pas dans le salon, jetant de temps en temps un coup d'œil à la fenêtre. Quand il semble satisfait qu'il n'y ait toujours que nous trois dans la maison, il reporte son attention sur moi.

— Je considère Hazel comme une amie.

La vérité c'est que je n'ai pas beaucoup d'amis. J'ai aliéné tout le monde à New York lorsque mon ex-mari a été condamné pour de multiples délits de détournement de fonds et de fraude. Emma a été une amie, mais cela a été de courte durée.

Nikolaï s'approche de la cheminée, examinant les photographies sur le manteau.

— Elle n'a pas d'amis.

Je ne sais pas si c'est vrai ou non, mais elle semble proche de Mason, un secret que j'emporterais dans ma tombe. Il n'y a aucune raison que Nikolaï ait besoin de savoir à son sujet.

— Je lui ai sauvé la vie à la station, dis-je.

— Tu étais à la station quand ces bâtards sont entrés et ont pris des otages ?

Nikolaï se précipite sur moi, le pistolet sorti de son pantalon et maintenant dans sa main. Il le pousse sous ma mâchoire.

— J'étais un otage, comme Hazel, dis-je.

Pense-t-il que j'étais impliquée ? Va-t-il me tuer parce que je parle de la situation ?

Il semble déséquilibré. Devrais-je être surprise ?

— Mais tu l'as fait sortir ?

— Ce n'était pas seulement moi. J'ai eu l'aide de l'équipe de Tactique de l'Aigle.

Je ne précise pas que je suis employée par eux. Je ne sais pas s'il va m'embrasser ou me tuer.

Il renifle.

— Ces salauds m'ont trahi. Quand ils se montreront avec Hazel, ils seront morts. Jusqu'au dernier d'entre eux, y compris la petite fille.

— Personne ne touche à ma petite fille, la voix de Jaxson résonne dans la maison, forte et claire.

Je jette un coup d'œil par-dessus mon épaule.

J'aurais juré qu'il était derrière moi, mais il n'est pas dans la maison.

Nikolaï s'éloigne de moi et jette un coup d'œil par la fenêtre, convaincu que Jaxson n'est pas encore arrivé.

— Bien essayé ! crie-t-il.

Son arme pointée sur le haut-parleur de l'alarme, il tire une balle, faisant exploser le plastique en petits éclats qui s'éparpillent dans la pièce.

CHAPITRE VINGT-CINQ

JAXSON

— J'entre là-dedans avec toi, exige Hazel alors que nous pénétrons dans la propriété.

Je n'ai pas le temps d'argumenter. Même si je n'ai pas envie d'un autre otage, elle est aussi l'appât. La seule chose que Nikolaï veut, et le seul moyen d'assurer la sécurité d'Izzie et d'Ariella, est de faire miroiter la carotte devant le lapin.

— Restez hors du chemin.

Nous sommes entrés par la fenêtre arrière de la salle de bains, et Declan a piraté le système de sécurité par le câblage extérieur pour faire diversion.

Je me faufile à l'intérieur de la maison par la fenêtre.

Declan reste sur le toit, faisant le guet pendant qu'Aiden et Lincoln me suivent.

Hazel est à l'arrière, sans arme, mais elle a un gilet pare-balles pour la protéger.

Nikolaï ne tirerait pas sur sa propre sœur, n'est-ce pas ?

Declan fait jouer l'enregistrement que nous avons fait quelques minutes plus tôt à l'extérieur sur le système de haut-parleurs relié à l'alarme.

Si l'alarme a été désactivée, elle n'a pas été détruite.

— Personne ne touche ma petite fille.

C'est étrange d'entendre ma propre voix et dangereux de l'avertir de notre arrivée, mais nous devons faire quelque chose.

De la fenêtre, je vois le bâtard avec une arme posée sur le front d'Ariella.

Je ne peux pas prendre le risque qu'il tire sur elle ou Izzie.

Je garde la tête baissée.

— Bien essayé !

La voix de Nikola crie à travers l'étage inférieur de la maison. Un seul coup de feu retentit, Nikolaï pointe son arme sur le haut-parleur et la fait exploser.

Nous sortons de la cuisine, Ariella me tournant le dos, le canapé pointant vers la porte d'entrée.

— Ne bouge plus ! crié-je, mon arme dégainée et pointée sur Nikolaï.

Aiden et Lincoln ont lèvent leurs armes à feu, trois hommes contre un.

— N'y pense même pas, dit Lincoln. Pose ton arme doucement.

— Donne-moi Hazel et je m'en irai. Tu n'auras plus jamais à me revoir, dit Nikolaï.

Il lève son arme dans une manœuvre de reddition.

Je ne lui fais pas confiance.

— Ce n'est pas comme ça que ça marche, dis-je.

Je garde mon arme pointée sur lui alors qu'il entre dans le salon, bloquant Izzie et Ariella.

Aiden sort les menottes qu'il a attachées à sa ceinture.

— Baisse ton arme doucement. Bras en l'air.

Nikolaï lève un bras en signe de reddition et l'autre, il le guide lentement vers le bas.

La poignée de la porte d'entrée s'ouvre d'un coup sec, attirant notre attention. Qui diable est de l'autre côté de la porte ? Declan est censé être encore sur le toit.

Skylar ouvre la porte et entre, tombant nez à nez avec Nikolaï.

De sa main libre, il attrape Skylar, la tire contre lui et saisit ses cheveux, poussant le canon de l'arme contre son cou.

— Laissez-moi partir ! crie-t-elle.

— Papa ! crie Izzie de terreur.

Je ne peux pas me retourner et regarder ma petite fille pour lui assurer que tout va bien. Je dois me concentrer sur le monstre qui se tient à quelques mètres de moi, avec ma sœur comme otage.

Skylar n'a pas d'entraînement tactique formel. Elle n'a jamais été dans l'armée ou passé une journée à faire de l'auto-défense. Je ne peux pas compter sur elle pour se sortir de ses griffes.

— Tu n'es pas obligé de faire ça, Nikolaï, dit Hazel.

Elle quitte le couloir en traînant les pieds, s'approche de Lincoln et attrape son arme de rechange dans son étui à la hanche. Elle pointe l'arme sur elle, la levant sur sa tempe.

— Hazel, qu'est-ce que tu fais ?

Les yeux de Nikolaï s'agrandissent, et sa voix est frénétique.

— Réfléchis à ce que tu fais, sœurette.

— Si tu la tues, tu ne me reverras plus jamais.

Avec mon arme pointée sur Nikolaï, je ne peux pas empêcher Hazel de faire quelque chose de stupide. Je ne la connais pas assez bien pour déterminer si elle bluffe, mais je ne peux pas prendre le risque.

— Tu ne veux pas faire ça, Hazel.

— Si, je le veux.

Hazel hoche la tête, sa main tremble avec le pistolet posé contre sa peau, le canon au ras de son corps. Elle a beau porter un gilet pare-balles, ça ne la sauvera pas, pas avec ce qu'elle a prévu.

— Ecoute ta sœur, dit Lincoln. Elle est prête à mourir à cause de ce que tu as fait.

Skylar se débat contre Nikolaï, se tortillant dans sa poigne, essayant de s'éloigner de lui, mais il ne la laisse pas s'échapper.

— Laisse-moi partir, chuchote Skylar, ses yeux remplis de larmes. S'il te plaît. Je ne sais même pas ce qui se passe. Je ne le dirai à personne.

Je ne vais pas le laisser disparaître. Pas après tout ce qu'il a fait.

— Dis à Hazel ce que tu as fait, Nikolaï.

Nikolaï secoue la tête, ses cheveux noirs et épais tombant dans ses yeux.

— Tout ce que j'ai fait était pour toi, Hazel. Tout ce que je voulais c'était ton bonheur.

— Mon bonheur ?

Hazel se moque et s'avance, son propre pistolet toujours pointé sur sa tête.

— Tu m'as vendue à Franco pour être sa femme ! Je préfère mourir plutôt que d'épouser ce porc dégoûtant.

Nikolaï cligne des yeux plusieurs fois ; son expression semble perplexe.

— Quoi ?

— Tu m'as entendu ! crie Hazel en s'approchant, sans craindre son frère. J'en ai assez que tu diriges ma vie et que tu la gâches. Je sais ce que toi et papa avez fait. Je sais pour les emplois, la fausse agence pour laquelle j'ai travaillé, les petits amis que toi et papa avez payés. Je ne suis pas une idiote, tu sais.

Nikolaï relâche sa prise sur Skylar, et elle s'empresse de s'éloigner de lui tandis que Lincoln l'attrape et la traîne derrière lui pour la protéger.

— Ils ne sont pas assez bien pour toi, dit Nikolaï, son attention sur Hazel. C'est mon devoir de te protéger. Tu es ma petite sœur. Ces hommes ne te méritaient pas.

— Espèce de salaud, c'était à moi de prendre cette décision !

Hazel lui a crié dessus. Alors qu'elle le fixe, l'arme tremble dans sa main, son doigt sur la gâchette.

Nikolaï baisse l'arme dans sa main et atteint l'arme d'Hazel.

— Si tu meurs, je tuerai jusqu'au dernier d'entre eux.

— Non, tu ne le feras pas, dit Hazel en tournant, appuyant sur la gâchette et tirant sur Nikolaï dans la poitrine.

CHAPITRE VINGT-SIX

Hazel

Je l'ai fait pour eux, pour tous ceux qu'il a tués, torturés ou blessés.

Je tourne l'arme de mon propre front vers sa poitrine. C'est imprudent, sans réflexion ni calcul. Il pourrait facilement me tirer dessus avec son arme en représailles. Je ne le blâmerais pas.

Mon doigt presse la gâchette. C'est la seule façon de mettre fin à ce qu'il a fait.

Je ne peux pas retourner chez moi. Nikolaï ne cessera jamais de me traquer, exigeant que je fasse ce qu'il veut parce que nous sommes de sang.

Franco a été arrêté, mais avec la mort du chef de la mafia, un autre chef renaîtra de ses cendres, et je serais oubliée. Du moins, j'espère qu'on m'oubliera.

La pièce tourne ; le monde semble se déplacer au ralenti.

Lincoln éloigne l'arme de Nikolaï d'un coup de pied alors qu'il git sur le sol, se vidant de son sang.

Je trébuche de plusieurs pas en arrière avant de heurter un corps chaud. Jaxson retire l'arme de mes mains. Je me sens froide et vide, seule.

— Je suis désolé, dit Jaxson dans mon oreille.

Le métal froid et rugueux des menottes s'accroche à mes poignets et il les attache dans mon dos.

— Je comprends.

Je n'en attends pas moins. Ils vont m'emmener en prison. Je vais aller en prison pour un long moment.

— Les menottes sont-elles vraiment nécessaires ?

Lincoln lance un regard à Jaxson.

— C'est juste une formalité, dit Jaxson. J'ai besoin de savoir que ma famille n'est plus en danger. Je vais appeler le shérif et lui faire savoir ce qui s'est passé.

Aiden se penche vers Nikolaï étendu sur le sol.

Le sang s'accumule autour de lui, sa peau est pâle, ses yeux fermés. Je n'ai pas le courage de demander s'il respire encore.

Je voulais tuer Nikolaï après tout ce qu'il avait fait pour détruire ma vie, mais je ne m'étais jamais cru une meurtrière. La culpabilité pèse lourdement sur moi. J'ai agi en état de légitime défense, non seulement pour ma propre vie mais aussi pour celle de ceux qui m'entourent.

Nikolaï n'aurait jamais laissé partir aucun d'entre eux.

Jaxson passe un rapide coup de fil au shérif pendant que je m'assois sur le sol à côté de mon frère. Sa peau semble froide, mais je ne peux pas le toucher, mes mains dans le dos.

Aiden appuie sur la blessure, essayant d'arrêter le flux de sang qui suinte de la plaie. De son autre main, il cherche un pouls et secoue la tête.

— Il est mort.

Je m'effondre sur mes genoux, regardant fixement mon frère. Demi-frère ou pas, il était toujours de la famille. Le sang est le sang.

— Tu es avec Rebecca maintenant. C'est mieux comme ça, murmuré-je, en regardant Nikolaï.

Je n'ai jamais rencontré Rebecca, sa sœur biologique. Il avait beaucoup parlé d'elle quand nous étions plus jeunes, comment sa vie avait été écourtée, assassinée par un autre gangster. Cela avait poussé notre père à devenir le chef de la mafia, à se révolter pour se venger.

Je voulais que ça se termine, tout ça. Le carnage. Les massacres. Les meurtres pour le sang.

———

Je fais ma déclaration au shérif local. L'équipe de Tactique de l'Aigle a fait sa déclaration, tout comme Ariella. On nous emmène individuellement dans une pièce, nous interroge, puis on nous demande de fournir par écrit ce qui s'est passé.

J'avoue avoir tiré sur Nikolaï.

Il semble que Nikolaï ait également tué son chauffeur, Sacha, mais je n'ai pas su dire pourquoi.

Je m'attends à passer le reste de ma vie en prison, mais on m'enlève les menottes et je suis libre de partir.

Le procureur ne va pas porter plainte.

Si Nikolaï était en vie, il aurait été accusé de plusieurs meurtres après avoir fait un raid sur le complexe et tué des dizaines d'hommes, de femmes et d'enfants.

Je crois que je vais vomir quand le shérif m'informe de ce que mon frère a fait en représailles de la station. C'est fini.

Je suis sorti du poste de police, surpris de trouver Ariella qui m'attendait.

— Je ne t'ai jamais remercié correctement, dit Ariella.

Elle s'appuie sur sa berline, les mains dans les poches de sa veste.

— Si tu ne t'étais pas proposé comme tu l'as fait, je ne sais pas comment nous nous serions sortis de cette situation.

Je hausse les épaules.

— Ce n'est rien.

Je ne veux pas qu'elle en fasse toute une histoire.

— As-tu des nouvelles de Mason ?

Je veux le voir, m'assurer qu'il va bien, et le remercier de m'avoir sauvé la vie. C'est grâce à lui que je suis encore debout, en vie et que je respire.

— Nous avons déjà affrété un vol pour Fargo pour lui rendre visite à l'hôpital. Tu veux venir avec nous ?

— Oui. Je dois le voir et le remercier pour ce qu'il a fait pour moi.

. . .

Je me précipite dans le couloir de l'hôpital.

Mason voudra-t-il seulement me voir ? Son oncle Jeb est mort à cause de moi.

Si je n'avais pas demandé son aide, son oncle serait encore en vie, et Mason n'aurait pas été touché.

L'odeur de l'antiseptique me brûle les narines. Je m'arrête dans la salle d'attente vide.

— Ça te dérange de rester ici avec Izzie ? demande Jaxson à Ariella.

— Bien sûr, répond-elle en souriant et en prenant le bambin des bras de son père.

J'ouvre la bouche pour proposer de garder la petite fille pour Jaxson mais je me ravise. Je ne suis pas très douée avec les enfants, et je veux voir Mason. J'ai peur qu'il ne soit pas heureux de me voir.

Lincoln et Jaxson franchissent les portes et se dirigent vers le couloir. J'hésite avant de les suivre, à quelques mètres derrière eux. Ils parlent entre eux. Je suis l'outsider, et même s'ils n'essayent pas de m'exclure, je ne suis pas l'une des leurs.

Qu'est-ce que je fais ici ? Je ne me sens pas à ma place.

Lincoln et Jaxson entrent dans la salle privée sans même frapper. Je reste dans le couloir, essayant de trouver le courage d'entrer.

Je peux supporter de pointer un pistolet sur ma propre tête, mais faire un pas de deux mètres en avant dans une chambre d'hôpital, c'est trop. C'est, apparemment, ma limite.

— Comment va Hazel ?

La voix de Mason est rauque et rugueuse.

Il ne peut pas me voir, puisque je suis juste à côté de sa chambre, mais je peux entendre le doux son de sa voix. Elle est remplie d'inquiétude pour moi.

Je serre le mur, mon dos contre la brique blanche et froide.

— Elle pourrait te le dire elle-même si elle venait ici, dit Lincoln.

— Elle est ici ? demande Mason.

Les draps bruissent et le lit d'hôpital grince

— Hazel ?

Je ferme les yeux. Je ne peux pas me cacher éternellement. Il saura que je l'évite si je ne fonce pas dans sa chambre pour le saluer tout de suite.

— Hey.

Je fais de mon mieux pour sourire en entrant dans sa chambre d'hôpital.

— J'étais juste dans le couloir à la recherche de fleurs que je pourrais voler pour toi.

Mason sourit et rit, en grimaçant.

— Ça fait mal de rire ? demandé-je, inquiète pour lui.

Je m'approche de son lit.

— Ça en vaut la peine, dit Mason.

Il attrape ma main, nos doigts s'entrelacent.

— Assieds-toi avec moi.

Je ne veux pas lui dire qu'il n'y a pas de place. Il est blessé, mais s'il veut ma compagnie, comment puis-je dire non ? Il s'est fait tirer dessus à cause de moi.

— Comment te sens-tu ? demandé-je, en m'asseyant sur le bord du lit d'hôpital à ses côtés. Tu sais quand tu vas sortir ?

— Le médecin dit que je peux être libéré pour être pris en charge par quelqu'un à la maison, ou alors je dois aller dans un centre de rééducation.

Ses yeux ne quittent pas les miens.

— Tu m'en dois une, Hazel.

Je ris dans mon souffle.

— Ne tourne pas autour du pot.

Je ne peux pas croire qu'il joue sur le fait que je lui suis redevable.

— S'il te plaît, tu veux bien rester avec moi ?

Je n'ai pas pensé à l'endroit où j'irais maintenant que Nikolaï est mort et Franco en prison. Mason a besoin de moi, cependant, et je l'aime vraiment. Je n'ai jamais ressenti ça pour quelqu'un d'autre, jamais. Ça a toujours été lui depuis qu'on est adolescents.

— Eh bien, puisque tu le demandes gentiment, dis-je avec un faible sourire.

Je veux rester, mais je veux que ce soit parce qu'il veut que je fasse partie de sa vie, pas seulement en tant que gardienne. En me penchant, je dépose un baiser doux et chaste sur son front.

— C'est tout ce que j'ai ? Qu'est-ce qu'un gars doit faire pour avoir un vrai baiser par ici, mourir ?

J'écarquille les yeux d'horreur.

— Mauvaise blague ?

Il sourit avec ce sourire de garçon qui fait palpiter mon cœur et me fait trembler les genoux. Je me penche et je frotte mes lèvres sur les siennes.

Le moniteur cardiaque commence à émettre des bips plus rapides.

Jaxson se tient près de la fenêtre de la chambre, un sourire sur le visage.

— Ne le tue pas. Nous avons toujours besoin de lui dans notre équipe. En parlant de l'équipe, Lincoln, je vais te proposer un nouveau temps plein. Je sais que ton restaurant va subir des rénovations. Y a-t-il un moyen de te convaincre de nous rejoindre ? Ne me fais pas supplier.

— Je ne suis même pas encore mort et vous me remplacez, dit Mason.

Il rit et fait une grimace.

Je pose une main douce sur son bras valide, dans l'espoir de le calmer.

— Je suis sûr qu'ils ne te remplacent pas.

— Je n'en serais pas si sûr, répond Lincoln. Je vais le faire, du moins pour l'instant. Il faudra attendre un certain temps jusqu'à ce que le chèque de l'assurance arrive, et ensuite je devrai décider ce que je vais faire.

— Je suis désolée pour ton restaurant, dis-je en souriant faiblement à Lincoln.

Si je n'étais pas allé dans son restaurant ce matin-là, peut-être que les voyous qui voulaient me tuer n'auraient pas tiré sur l'établissement.

La mâchoire de Lincoln est serrée, et il s'appuie contre le mur près du pied du lit d'hôpital. — N'en parle pas. Ces types m'ont embêté ces dernières années pour rejoindre Tactique de L'aigle. Ils sont probablement heureux de ce qui s'est passé.

— Heureux est un mot fort, dit Mason. Mais extatique, oui.

Lincoln roule les yeux.

Jaxson passe devant Lincoln et lui fait signe de le suivre hors de la pièce.

— Nous vous laissons discuter tous les deux. Nous serons dans la salle d'attente avec Ariella et Izzie. Faites-nous savoir si vous avez besoin de quelque chose, dit Jaxson.

— Merci d'être venus. J'espère qu'ils me feront sortir d'ici bientôt, dit Mason.

J'attends que les autres gars soient partis et qu'ils soient dans le hall.

— Quelque chose te tracasse ? demande Mason.

— Je suis désolée pour tout.

Je me penche, je pose mes lèvres sur les siennes, je goute avec avidité.

Avoir failli le perdre m'a déchiré de l'intérieur. J'ai déjà perdu mon frère de mes propres mains. Je ne peux pas perdre l'homme que j'aime depuis que je suis adolescente.

Mason tend la main et son pouce caresse ma joue alors que mon menton repose dans sa paume.

— Tu n'as aucune raison de t'excuser, mais je sais une chose que tu pourrais faire pour m'aider à me sentir mieux après notre départ d'ici.

— N'importe quoi. Je suis tout à toi. Quoi que tu aies besoin, Mason, je suis là pour toi.

Je le pense aussi. Je ferais tout ce dont il a besoin pour s'occuper de lui, qu'il s'agisse de changer des bandages ou de lui préparer des repas.

— Tu n'aurais pas par hasard une jolie petite tenue d'infirmière ? Puisque tu vas t'occuper de moi, j'ai pensé qu'on pourrait faire un petit jeu de rôle fantaisiste.

CHAPITRE VINGT-SEPT

ARIELLA

Je m'assois avec Izzie dans la salle d'attente, la laissant regarder une vidéo sur mon smartphone. Nous baissons le son pour ne pas déranger les patients de l'hôpital.

Ayant perdu la notion du temps, je n'ai pas vu Jaxson s'approcher de nous.

— Comment vont mes deux femmes préférées ?

— Papa !

Izzie saute de mes genoux et tend les bras pour que son papa la soulève.

Jaxson la prend et la fait tourner avant de la tenir sur sa hanche.

— Nous allons bientôt partir, j'espère. On dirait que Mason va se faire sortir d'ici aujourd'hui, tant qu'il a quelqu'un à la maison.

— Oh ?

Je ne savais pas s'il vivait seul ou avait des colocataires. Je ne l'avais pas entendu parler de sortir avec quelqu'un, mais il est évident qu'il a le béguin pour Hazel. Tout le monde peut le voir.

— Hazel va rester et l'aider, dit Jaxson.

— C'est bien.

Je suis heureuse pour elle, ravie que peut-être tous les deux puissent comprendre leur relation avec le temps et n'aient pas à la cacher à tout le monde. Je suis aussi un peu jalouse, mais je ne l'avouerai jamais à personne.

Lincoln se tient à quelques mètres de là, devant le distributeur automatique, en train de se préparer une tasse de café.

— Je m'inquiétais pour toi, dit Jaxson en s'asseyant à côté de moi sur la chaise vide. Il s'approche et pousse une mèche de cheveux derrière mon oreille. Je suis toujours inquiet si je dois être honnête.

Je souris faiblement. Je ne peux pas m'empêcher de penser à Nikolaï.

Ce qu'Hazel a fait, le sang, le fait que Nikolaï a tout fait pour protéger sa sœur. C'était tordu et malade, mais ça n'enlève rien au fait qu'il est mort.

— Je vais bien.

Je veux aller bien, je me le dis et le dis à haute voix.

Est-ce que ça rendra la chose vraie ?

— Tu es sûre ? demande-t-il, sa main tombant sur mon dos.

Je me détends sous son contact alors qu'il caresse doucement mon dos en faisant des mouvements apaisants. Je veux qu'il me touche, qu'il m'embrasse, qu'il me fasse l'amour.

Lincoln est dans la pièce, et nous sommes censés garder notre relation secrète si nous devons être ensemble.

Je secoue la tête pour dire non.

— Je vais probablement faire des cauchemars pendant un moment, mais ce n'est rien que je ne puisse gérer.

Les pas lourds de Lincoln rompent le charme et le moment entre nous deux.

— Je peux vous offrir un café ? La machine ne fonctionne pas. Je vais descendre à la cafétéria. Vous voulez quelque chose ?

— C'est bon, dis-je.

— Moi aussi, dis-je.

Lincoln se dirige vers le couloir et la direction opposée à la chambre de Mason pour prendre l'ascenseur qui mène au hall où se trouve la cafétéria.

Nous avons quelques minutes, juste tous les deux, plus Izzie. Heureusement, elle ne semble pas saisir ce qui se passe entre nous.

Jaxson pose Izzie sur le siège à côté de lui et passe une vidéo sur son téléphone, la laissant la regarder. Il se dirige vers le distributeur automatique et me fait signe de m'approcher de lui.

Je me lève et m'étire avant de pointer la machine du doigt.

— Tu n'as pas entendu Lincoln ? La machine à café ne fonctionne pas.

— J'ai entendu. Je voulais juste un peu d'intimité.

Izzie nous tournant le dos, il m'attire contre lui.

Mes yeux s'écarquillent quand ses lèvres descendent sur les miennes, ses doigts sur ma nuque, me gardant proche. Ce n'est pas difficile de me fondre dans son baiser, mon corps tombant facilement sous son charme.

Il se retire, une main toujours sur mon cou, l'autre glissant sous ma chemise, taquinant la taille de mon pantalon.

— Jaxson, dis-je, souriante à cause du plaisir mais lui demandant d'arrêter. Nous ne pouvons pas faire ça à l'hôpital, et encore moins à un mètre de sa fille.

— Lincoln en a pour quelques minutes, et Hazel est préoccupée par Mason. Je parie qu'ils sont en train de s'embrasser.

— Tant mieux pour eux, dis-je.

Ce n'est pas une raison pour faire ça ici et maintenant. Je pose doucement une main sur sa poitrine.

— Je veux être avec toi, mais aujourd'hui c'est beaucoup.

— Tu sais que je n'aurais jamais laissé quelque chose arriver à toi et Izzie ?

— Je sais et j'apprécie ce que tu as fait aujourd'hui. Ça aurait pu se terminer bien différemment.

Ses lèvres s'abattent à nouveau sur les miennes, les meurtrissant, avec une intensité féroce remplie de désir et de besoin.

Il nous déplace, mon dos contre le mur tandis qu'il pousse son genou entre mes cuisses, touchant mon centre, ma chaleur. Je le laisse m'embrasser, et même si je veux être plus que sa petite amie secrète, je suis aussi prête à accepter tout ce qu'il me donne.

Mes lèvres s'ouvrent, l'absorbent, le serrent plus fort contre moi. Toutes les pensées de mon esprit disparaissent pendant que nous nous embrassons, et le temps semble s'être arrêté.

Quelqu'un s'éclaircit la gorge assez bruyamment. Essaye-t-il d'attirer notre attention ?

Je gémie en signe de protestation lorsque Jaxson s'éloigne, et nous jetons tous les deux un regard à l'intrus, Lincoln.

Il tient sa tasse de café à la main et en prend une longue et lente gorgée.

— Pourquoi vous ne sortiriez pas tous les trois d'ici ? dit Lincoln. Je vais aller avec Mason et Hazel chercher son camion.

— Tu es sûr ? demande Jaxson.

— Vous avez dix heures de route pour rentrer chez vous. Izzie n'a pas besoin d'être gardée dehors plus tard que nécessaire. Je vais probablement finir par louer un hôtel pour la nuit et rentrer demain si Mason n'est pas libéré rapidement.

Le téléphone portable de Jaxson sonne, et il se précipite pour le prendre à Izzie qui regarde son film.

Je reste debout, maladroite, et je fais un faible sourire à Lincoln. Il a été bon avec moi, je n'ai pas à me plaindre, mais je ne suis toujours pas heureuse qu'il connaisse notre secret.

— Ecoute, ce que tu as vu...

— Ce ne sont pas mes affaires. Tu le rends heureux, et je peux honnêtement dire qu'il n'y a pas beaucoup de personnes autres qu'Izzie qui peuvent faire ça.

— Tu ne diras rien aux autres ?

J'espère qu'il pourra garder ça pour lui et ne pas en parler à ses copains.

— Encore une fois, ce n'est pas mon rôle, dit Lincoln. Il se rapproche. Tu n'as pas à t'inquiéter, Ariella. J'aime t'avoir près de moi. Tu es bonne pour Jaxson, et tu le rends heureux. C'est tout ce qui compte.

Je pousse un soupir de soulagement.

— Merci.

Jaxson raccroche le téléphone et le met dans sa poche.

— Papa, téléphone.

Izzie attrape son pantalon pour essayer de récupérer son téléphone.

— Pas maintenant, dit-il, et il prend sa petite dans ses bras pour l'embrasser.

Il lance un regard à Lincoln.

— Tu peux laisser un message à Mason ?

Lincoln sirote son café.

— Bien sûr, qu'est-ce qu'il y a ? Est-ce que tout va bien ?

— Le shérif a appelé pour nous dire qu'ils ont retrouvé le chien de son oncle, Bear. Ils la gardent au poste jusqu'à ce que quelqu'un vienne la chercher. Heureusement, elle va bien, avec quelques égratignures mais pas de blessures importantes. Je lui ai dit que Mason serait bientôt libéré, mais nous sommes à Fargo, donc ce ne sera probablement pas avant demain.

— Il sera soulagé de savoir que Bear va bien, dit Lincoln. Envoie-moi le numéro du shérif, et je m'assurerai qu'on récupère Bear sur le chemin du retour.

————

La route est longue jusqu'à Breckenridge. Jaxson insiste pour conduire. Izzie s'est endormie une heure après le début du trajet. Il fait sombre et il est tard, ce qui l'a probablement aidée à s'endormir si rapidement.

— Que va-t-il arriver à Hazel ? demandé-je.

— Tu as entendu le shérif ; ils n'ont pas l'intention de l'inculper d'un quelconque crime parce qu'ils ont clos l'enquête et ont décidé que c'était de la légitime défense, dit Jaxson.

— Ce n'est pas de ça que je parle. Franco est toujours dehors.

— Il est en prison, dit Jaxson.

Il me jette un coup d'œil et prend ma main en conduisant.

Nos doigts s'entrelacent. Je serre sa main, essayant de me rassurer autant que lui sur le fait que je vais bien. Je ne me sens pas moi-même. Je me sens encore déconnectée, perdue dans les événements de la journée.

— Tu n'as pas peur qu'il s'en prenne à toi et à ta famille ? demandé-je.

— Si je m'inquiétais de cela, je m'inquiéterais de tous les méchants auxquels nous avons affaire, dit Jaxson.

Il garde sa voix basse, pour ne pas réveiller Izzie.

— Declan est en train de réparer le système de sécurité et de découvrir comment Nikolaï a réussi à le désactiver.

En entendant ça de Jaxson, je veux me sentir à l'aise. Je veux que Franco laisse Hazel tranquille, comme nous tous. Je serre sa main.

— Je suppose que ça a été une longue journée. Emma est venue à la maison ce matin, pieds nus et hystérique.

— Nikolaï a tiré sur le complexe où elle vivait.

— Tu savais qu'elle vivait là ? Comment ?

Il laisse échapper un léger soupir, sa concentration et son attention sur la route pendant qu'il parle.

— Quand j'ai rendu visite à Ian et Seth pour t'avoir harcelé, j'ai découvert qu'elle vivait là. J'avais espéré qu'elle déménage et reprenne ses esprits.

— Elle était impliquée dans la prise d'otages à la station.

— Je sais.

Je retire main comme si j'ai été brûlée.

— Comment as-tu su cela ? Combien de secrets as-tu gardés ?

Il repose sa main sur le volant, la mâchoire serrée.

— Plus que je ne veux l'admettre.

— Qu'est-ce que ça veut dire, Jaxson ?

Je ne peux pas croire qu'il m'ait caché qu'il savait qu'Emma était impliquée dans la prise d'otages au Blue Sky Resort.

Il laisse échapper un lourd soupir et jette un coup d'œil dans le rétroviseur.

— On peut avoir cette conversation plus tard ?

— Non. Je veux avoir cette conversation maintenant.

Il a été furieux quand je lui avais caché des secrets. Comment se fait-il qu'il puisse en garder ?

CHAPITRE VINGT-HUIT

JAXSON

Je ne suis pas ravi de l'avoir gardé secret, et maintenant que nous avons révélé le fait qu'Emma est une hors réseau et qu'elle a impliquée dans la situation sinistre de la station, cela ne peut qu'être révélé.

— Tu vas juste m'ignorer ? demande Ariella.

Son ton est tranchant. Elle est sans aucun doute en colère contre moi.

Super.

Il me reste plusieurs heures avant d'arriver à Breckenridge et à la maison. Ce n'est pas comme si je pouvais la déposer et ne pas la revoir avant le travail ; nous vivons ensemble.

Je passe une main dans mes cheveux, frustré. Ariella a tendance à me faire tomber à genoux.

— Je ne t'ignore pas, j'ai juste beaucoup de choses en tête.

— C'est une excuse, dit-elle.

Elle est énervée. Je peux entendre sa respiration lourde et laborieuse tandis qu'elle se déplace sur son siège. Elle ne sera jamais à l'aise à ce rythme.

— Bien. Tu veux tous les secrets que j'ai gardé ?

Ma voix s'élève dans les confins du camion.

— J'ai eu des nouvelles d'un des gars, et devine qui a été libéré de prison. Benjamin Ryan.

Ariella reste muette.

— Quoi ? Tu n'as rien à me reprocher pour avoir gardé ce secret ? Il est sorti de prison, Ariella. Tu sais pourquoi ?

Je lui jette un coup d'œil pour voir ses yeux écarquillés. Elle a la bouche ouverte. Si elle veut connaître mes secrets, je lui révèlerai les siens, ceux qu'elle ne sait même pas qu'elle a au fond de son placard.

— Ses condamnations ont été annulées, chacune d'entre elles, dis-je.

D'après l'expression de son visage, elle n'en avait aucune idée.

— Vous aviez mentionné qu'il pourrait ne pas être coupable. Je ne pouvais pas croire que c'était vrai.

Elle passe ses paumes sur son pantalon.

— Eh bien, vrai ou non, il a été libéré, et ce n'est pas sur un détail technique. Je ne sais pas ce que ça signifie pour la C.I.A., s'ils l'ont piégé ou quelqu'un d'autre.

La vérité, c'est que je n'ai pas eu le temps de creuser plus profondément ou de regarder dans le désordre de son passé.

— Il a fait une déclaration à la télévision quand il a été libéré.

— Vraiment ?

Sa voix de coince dans sa gorge.

— Il a dit quelque chose dans l'interview à propos de son intention de te retrouver, dis-je.

Je ne veux pas la perdre pour lui, son mari, ou techniquement son ex-mari. Ils sont divorcés, mais si cela a été basé sur le fait qu'elle a cru qu'il était coupable, et qu'il ne l'est pas, où en suis-je ?

Quelle chance ai-je contre un homme riche qui a gagné son cœur ?

Elle expire un grand souffle.

— Eh bien, si vous le voyez, dites-lui de rester loin de moi.

Cela me prend par surprise.

— Quoi ?

Elle en a fini avec lui ?

Je n'ai pas besoin de m'inquiéter qu'il vienne l'enlever ?

Je ne suis pas du genre à être jaloux facilement, mais je n'aime pas non plus m'inquiéter qu'un homme avec qui elle a un passé puisse revenir dans sa vie.

— Il n'est peut-être pas coupable des crimes financiers pour lesquels il a été condamné à l'origine, mais il n'est pas innocent, Jaxson. Loin de là.

Quels sont les autres crimes qu'il a commis et pour lesquels il n'a pas été condamné ?

— Tu vas développer ?

Ariella baille sur le siège avant. Il est bien deux heures du matin. Je reconnais qu'elle est épuisée. Je l'étais aussi.

— Pas ce soir. Je suis fatiguée, Jaxson. On peut laisser tomber pour le moment ?

Épuisé, je conduis dans la nuit, ne voulant pas finir dans un motel merdique avec des punaises de lit.

Je ne veux pas me battre avec elle. J'ai presque perdu ma fille et elle aujourd'hui. Je pose ma main sur sa cuisse.

— Je tiens à toi, tache de rousseur.

Je veux qu'elle sache ce que je ressens. Je ne le dis pas assez souvent, et elle mérite de l'entendre de ma bouche.

— Je sais, marmonne-t-elle.

Ariella repose sa tête contre la vitre latérale, les yeux fermés. Sa respiration se calme après plusieurs longues secondes.

Elle marmonne quelque chose d'inintelligible. Est-ce qu'elle vient de dire « je t'aime » ?

— Tache de rousseur ?

Elle s'est endormie.

Il y a des secrets entre nous, mais je ne suis pas prêt à l'abandonner, pas sans me battre.

La vérité, c'est que je l'aime aussi.

Ai-je le courage de le lui dire ?

ÉPILOGUE

HARPER

J'ai besoin de ma dose de caféine si je veux survivre dans cette petite ville perdue pendant les prochaines semaines.

Mon vol a été court mais agité et l'hôtesse a renversé ma boisson sur le siège devant moi.

Je suis allé directement de l'aéroport au café le plus proche à Breckenridge. J'ai prié pour qu'ils aient un café qui serve un latte décent.

Je doutais que quelqu'un me reconnaisse, ce qui jouait en ma faveur. De plus, les lunettes de soleil géantes ne faisaient pas de mal. De cette façon, je n'avais pas à m'inquiéter des journalistes qui me traquaient ou des fans qui prenaient des photos avec leur téléphone portable.

Il était tôt, le soleil s'était levé récemment et je suis entré, d'une humeur plus joyeuse que celle à laquelle je m'étais préparé en ce dimanche matin.

— Grand latte avec caramel et crème fouettée.

J'y allais à fond ce matin.

La fille derrière le comptoir, avec son tablier marron et son chapeau assorti, n'a même pas souri.

— Quel est votre nom ? a-t-elle demandé.

Son étiquette disait Skylar.

Elle ne m'a vraiment pas reconnue ?

— Harper.

J'ai presque pensé à lui donner mon vrai nom ou même un faux nom, ça ne serait pas amusant ?

Elle a légèrement plissé les yeux, comme si elle décidait de me croire ou non alors que je payais en liquide.

— Ça ne prendra qu'une minute.

Son ton était monotone alors qu'elle simulait un sourire.

— Suivant !

Skylar a claqué des doigts, prenant la commande de la femme derrière moi.

Je me suis éloignée de la caisse et me suis assise à une table voisine. L'endroit n'était pas très fréquenté et plus j'attendais, plus je devenais impatiente.

La femme derrière moi a reçu son café en même temps que deux autres clients après ma commande.

— C'est quoi ce bordel ? ai-je marmonné dans mon souffle.

Avait-elle oublié ma commande ?

Un beau gentleman, grand avec des muscles épais et des tatouages qui dépassaient de ses manches, a volé mon attention pendant une minute alors qu'il commandait. Il semblait aussi égayer l'humeur de Skylar.

J'allais changer ça. Elle avait ruiné mon humeur et la bonne journée que je passais.

— Excusez-moi, ai-je dit, les interrompant tous les deux. J'en avais assez d'attendre. J'ai commandé un café il y a dix minutes.

— Ça fait 5 minutes, a dit Skylar. Et votre boisson est sur le comptoir, attendant que vous alliez la chercher.

J'ai jeté un coup d'œil au comptoir alors qu'elle plaçait nonchalamment la tasse à ma vue. Elle n'avait pas attendu que je la prenne. Elle l'avait gardé caché. Cette petite morveuse !

— Vous n'avez pas dit mon nom.

Elle a montré la tasse et le nom écrit dessus.

— Heather.

J'ai avalé la boule dans ma gorge. Il n'y avait aucun moyen qu'elle sache que c'était mon vrai nom.

— C'est Harper.

— Même différence. Vous voulez votre café ou pas ?

Dix minutes. Ce café devait être froid et dégoûtant. J'aimais mon café bien chaud. Je n'ai pas payé près de dix dollars pour une tasse de café de merde.

— Tu dois me faire un autre latte.

Je n'allais pas accepter ce genre de traitement merdique d'un café hors de prix.

Une deuxième serveuse de l'autre côté du comptoir verse une tasse de café fumant et y fixe un couvercle.

— Lincoln, a-t-elle appelé.

Oh, non. C'était le mien. Je me suis emparé de la tasse avant que Lincoln ne puisse y planter ses monstrueuses griffes d'ours. C'était un grand gars, mais j'étais rapide.

Je lui ai fait un sourire avant de sortir du café, comme si je volais une œuvre d'art, en courant vers la voiture de fuite.

———

Merci d'avoir lu Furtif : Mason.

J'espère que vous avez aimé lire l'histoire d'Ariella, de Jaxson et de l'équipe de Tactique de l'Aigle. Leur histoire continue dans DISSIMULER : LINCOLN !

Je ne peux pas lui dire qu'elle est sous ma protection...

J'ai été employé comme garde du corps dans le passé avec Tactique de l'Aigle pour des célébrités, des musiciens, et même des milliardaires. Aucun d'entre eux n'a jamais échappé à ma protection.

La petite mégère qui est entrée dans ma vie a fini par être sous ma responsabilité.

J'ai été engagé pour la protéger... en secret.

Le contrat du studio est clair. Je ne suis pas autorisé à lui divulguer que je suis son garde du corps personnel quand elle quitte le plateau.

Elle découvrira la vérité et quand elle le fera, elle me détestera.

Cliquez sur DISSIMULER : LINCOLN maintenant !

Et inscrivez-vous à ma lettre d'information pour être informé des nouveaux livres, des concours et des cadeaux : www.authorwillowfox.com/subscribe

J'apprécie votre aide pour faire passer le mot, y compris en le disant à un ami. Les critiques aident les lecteurs à trouver des livres ! Veuillez laisser une critique sur votre site de livres préféré.

DES CADEAUX, DES LIVRES GRATUITS ET BIEN D'AUTRES CHOSES ENCORE !

J'espère que vous avez apprécié Furtif : Mason et que vous poursuivrez le voyage avec Mason, Hazel et l'équipe de Aigle Tactique.

Bien que ce soit mon premier roman en tant que Willow Fox, je publie professionnellement depuis 2013.

Inscrivez-vous à ma newsletter Willow Fox

Si vous avez apprécié Furtif : Mason, prenez un moment pour laisser une critique. Les avis aident d'autres lecteurs à découvrir mes livres.

Vous ne savez pas trop quoi écrire ? Ce n'est pas grave. Il n'est pas nécessaire de s'attarder. Vous pouvez raconter comment vous avez découvert mon livre : un ami ou un club de lecture vous l'a recommandé ? Faites savoir aux lecteurs qui est votre personnage préféré ou ce que vous aimeriez voir se passer ensuite. Lisez-vous habituellement des HEA ? Que pensez-vous du HFN ? (J'espère que vous serez satisfaits mais je vous promets que je vous livrerai un HEA à la fin de la série !)

Merci de votre lecture ! J'espère que vous envisagerez de vous inscrire sur ma liste de diffusion pour recevoir des livres gratuits, des promotions, des cadeaux et des informations sur les nouvelles parutions.

À PROPOS DE L'AUTEUR

Willow Fox aime écrire depuis qu'elle est au lycée (il y a bien longtemps). Ses romances sont le reflet de la vie dans une petite ville de l'Amérique rurale.

Qu'elle écrive des romances ou qu'elle s'assoie près d'un feu de camp pour lire un bon livre, Willow aime la magie des mots écrits.

Elle aime rêver et espère faire rêver ses lecteurs !

Visitez son site Web à l'adresse suivante

https://authorwillowfox.com

DU MÊME AUTEUR

Aigle Tactique

Révélation : Jaxson

Furtif : Mason

Dissimuler : Lincoln

Clandestine : Jayden

Mariages Mafieux

Vœu Secret

Vœu Captif

Vœu Sauvage

Vœu Non Consenti

Vœu Impitoyable

Frères Bratva

Boss Brutal

Boss Vicieux

Boss Possessif

Boss Obsessif